JN206801

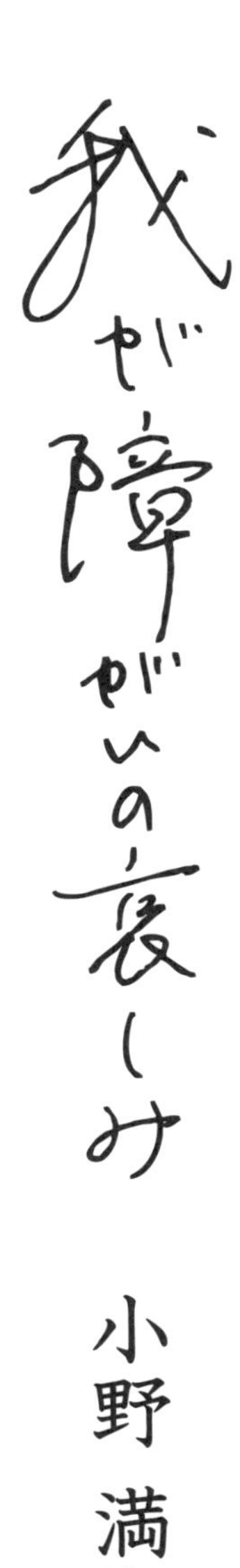

小野 満代

文芸社

郵 便 は が き

1 6 0 - 8 7 9 1

1 4 1

東京都新宿区新宿1－10－1
(株)文芸社
愛読者カード係 行

ふりがな お名前		明治 大正 昭和 平成 年生 歳
ふりがな ご住所	□□□-□□□□	性別 男・女
お電話 番 号	(書籍ご注文の際に必要です)	ご職業	
E-mail		

ご購読雑誌(複数可)	ご購読新聞 新聞

最近読んでおもしろかった本や今後、とりあげてほしいテーマをお教えください。

ご自分の研究成果や経験、お考え等を出版してみたいというお気持ちはありますか。

ある　　ない　　内容・テーマ(　　　　)

現在完成した作品をお持ちですか。

ある　　ない　　ジャンル・原稿量(　　　　)

書　名				
お買上 書　店	都道 府県　　　市区 郡	書店名	書店	
		ご購入日	年　月　日	

本書をどこでお知りになりましたか?
1.書店店頭　2.知人にすすめられて　3.インターネット(サイト名　　　)
4.DMハガキ　5.広告、記事を見て(新聞、雑誌名　　　)

上の質問に関連して、ご購入の決め手となったのは?
1.タイトル　2.著者　3.内容　4.カバーデザイン　5.帯
その他ご自由にお書きください。
(　　　)

本書についてのご意見、ご感想をお聞かせください。
①内容について

②カバー、タイトル、帯について

弊社Webサイトからもご意見、ご感想をお寄せいただけます。

ご協力ありがとうございました。
※お寄せいただいたご意見、ご感想は新聞広告等で匿名にて使わせていただくことがあります。
※お客様の個人情報は、小社からの連絡のみに使用します。社外に提供することは一切ありません。

■書籍のご注文は、お近くの書店または、ブックサービス(0120-29-9625)、セブンネットショッピング(http://7net.omni7.jp/)にお申し込み下さい。

はじめに

高校一年に入学してまもなく、躁うつ病（今は双極性障がいに変わりました）を発症し、六十数年になります。

入退院を繰り返し、今も外来に通院しています。

この病気は「生物学的なところから起こる病気でもあるにかかわらず、その体験は心理的なものであるかのように受けとめられる。これは、良い面と愉快な気分をともなうユニークな病気だが、ほとんど耐えがたい苦しみをもたらし、自殺に至らせることもけっしてまれではない」（ケイ・ジャミソン／田中啓子訳『躁うつ病を生きる』新曜社）。

著者はアメリカ人の女性で自分も当事者であり、精神科の医師であり、研究者です。

このような形での出版はめずらしいと思います。

双極性障がいの内容は、こういうことなのです。

ジャーナリストの方などが精神医療について取材して書かれているのを読んだりもしましたが、私は、当事者である立場からの本を書きたい、と思っておりました。

そんな中、昨年末、ある映画作品を観ました。

一回目は数ヶ月前に観たのですが、すごく感動して、もう一回観たいと思っていましたら、横浜関内の映画館で観ることができたのです。慌ただしい年末、まして、妹は新居に引っ越し、と例年にない忙しさの中でした。

その映画はイギリスの作品で「ボブという名の猫　幸せのハイタッチ」という題名でした。実話であり、世界三十以上の言語に訳されて世界的ベストセラーになっています。物語は、路上ミュージシャンの青年の前に突然現れた一匹の猫が、彼に生きる希望をもたらした、という内容のものです。

奇跡そのものだ、と思いました。

そして、この映画を観たあと、たまたま入った本屋さんで、文芸社の出版説明会のポスターを見て、何か共時性のようなものを感じました。

人生の大半を苦しみの中で過ごしてきた私にとって、こういう形で本を出すことは奇跡です。

最初はたまたま店内に入ったと思っていたのですが、〝ボブ〟という猫が青年を救ったように、導かれて入ったような気がしています。

この年になって夢と言えるかどうかわかりません。

ですが、思っていたことが叶えられる。

思い続ければ、夢は叶うのだ、とつくづく実感しました。

我が障がいの哀しみ

まず、私の出自から語りたいと思います。

私は旧・満州国（中国東北部）で、昭和十五年に生まれました。

父は「満州製鉄」という会社に勤めていました。

北海道から新婚早々の両親と父方の祖母、叔母の四人で新天地へと渡りました。さぞ、希望を胸に渡満したのだと思います。

私は満州で生まれたことで、のちに複雑な想いをしました。

私の『満代』という名前についてです。

日本が中国を接収した時には、「満州で生まれたので一字をとって、満代です」と言っていましたが、今は「満足の『満』です」と言っています。

渡満した人々は、皆が一様に希望と期待に胸を膨らませていたことと思います。

しかし、国策により満蒙開拓団として組織され渡満した人々は、すごく大変な思いをしたそうです。住むべき土地は、電気もガスもない不衛生なところで、シラミなどもたくさんいたのです。

父の勤めていた満州製鉄や満州鉄道に勤めていた人達、自営業の人々は、中国の地を侵略したうえに、人々から搾取して、奴隷のようにこき使い、したい放題のことをしたそうです。引き揚げてから、母が断片的に話す言葉の端々にそれを感じました。

そういう話を聞くたびに、自分の名前の一字になんとも言いようのない気持ちが湧いてきます。戦争という二文字がどうしても浮かんでくるのです。

二十世紀は「戦争の世紀」とも言いますが……。

くしくも、出版できる機会に恵まれ、戦争の悲惨さと人間の愚かさの一端をしたためることも大事だと思っています。

今の日本の政治家の方々は、大半が戦争を知らない人達です。戦争を起こす権力者達は、痛くも痒くもないことでしょうが、国民にとっては重大です。

命を軽んじ、負の遺産をたくさん作ることを考えると、戦争は絶対にしてほしくありません。日本の憲法は戦争放棄を謳っているのですから、それを守る努力を人々はしなければ、と思います。

父の会社での地位は、詳しくは聞いていませんが、現場の責任者のような立場だったようです。

父は正義感が強く、中国人と接する時も、日本人だからとか、中国人だからというような差別はしていなかったようです。このことは、子供だから親をひいき目に見る、ということではなく、のちに書く敗戦時の出来事が物語っています。

日本の内地では食糧難だったようですが、満州では敗戦まではそのようなことはありませんでした。

生活は裕福でした。父は、母が作ったお昼のお弁当を、ほかの日本人達から「ボーイ、ボーイ」と呼ばれていた中国人の子供に届けさせていました。日本にいたら考えられないような日常でした。

私達姉妹は、「ボーイ」と呼ばずに、「お兄ちゃん」と呼びなさいと、母からきつく躾けられていました。日本へ帰国する時は、もう家族のような関係でしたから、お互いに涙を流しながら別れました。

私が母のお腹に入っていた時には、父はよく果物を買ってきたそうです。ネーブルを一箱ずつとか、その他、母のためにいろんな食べ物を買ってきました。母が「満代はお腹にいる時に、果物をたくさん食べたから、果物が大好きなんだね」と言っていたのを思い出します。

妹は私より二歳下の昭和十七年に生まれました。

母によると、私はおしゃべりで、何回も外へ行っては、「おったいま」「おったいま」と帰ってくるたびに言っていたそうです。「ただいま」と言えなかったのです。

そのくせ気が弱くて、いつも妹に手を引かれていて、それを中国人の女性達が、「姉が妹に手を引かれている」と言って笑っていたそうです。

妹のほうが、満州時代のことを私より憶えています。

記憶について、いつも思うことがあります。

精神科の治療に一因があるのか、満州の記憶が少ないだけではなく、その後のことも記憶が欠落しています。そのことが残念でなりません。

私の生まれた翌年、第二次世界大戦が起きました。

開戦当初は、生活に危機を感じることはありませんでした。

敗戦になる直前の昭和二十年八月九日、ロシア兵が侵入してきて、傍若無人に振る舞い、ひどい状況となったそうです。

親の断片的な回想を聞いただけで、歴史の流れがつながっていないのが残念です。

ロシア兵の残虐な行為から身を守るため、大人の女性は皆、国防色の男の服を着ていました。

そして顔には墨や泥を塗っていました。私も、それは鮮明に憶えています。

敗戦になるとすぐ、中国人が暴徒化して積年の恨みを晴らすかのように、日本人の家々を襲ってきました。

私の家に多くの人達が逃げてきたのを憶えています。

なぜ、私の家に逃げてきたかと言いますと、心ある中国人が「ズーベンの家に逃げると安全だから」と言ったそうです。ズーベンというのは、竹本（私の旧姓）の中国語です。

特に中国人をひどい目にあわせていた人達は、逃げても逃げても逃げきれずに、便壺の中にまで入りこんだそうです。その人の奥さんも赤ん坊をおぶって、私の家に逃げてきました。

日本に帰ってからも、その話はよく聞かされました。その人と父は同じ職場だったとのことですが、いろんなことで意見が合わなかった、と言っていました。

父は職場で直接、中国人達と関わる仕事だったそうです。そこでも分け隔てなく、できる限り対等に接していたのだと思います。早く仕事が終わると、帰宅させていたとのことです。あの戦時中にできる限りのことを中国人にするのは、あらゆる意味で大変なことだったでしょう。

そんな父と私達家族に中国の方々がしてくれたことで記憶に残っているのは、何人もの人が食べられるくらいの大きなザルに、さつま芋を差し入れてくれたことです。

そのさつま芋は、細長く紅色で半分に折ると中は真っ白で、おいしくて日本では見かけたことはない種類だったことを憶えています。

子供心に緊迫した状況下でも、その紅色と中身の白さとの対比の美しさが目に焼きついています。国と国が戦争をしていても、それぞれの国民のそれを越えた人間的なあたたかさは失われるものではない、と思いました。

私達は逃げるにあたり、悲しい決断をしなければなりませんでした。

祖母が寝たきり状態になっていたのです。

祖母と母は仲がよく、いわゆる嫁姑の諍いもなかったそうです。

祖母は、相当肝の据わった気丈な方だったようで、自分を置いて日本に帰るようにと強く言ったそうです。私達は、その祖母を泣く泣く、異国の地に置いてきました。

今でも思い出すと悲しくなります。母のシューバ（毛皮）を売って、リンゴ一個しか買えなかったのですが、そのリンゴを食べ終わった時、「ああ、おいしかった」と言った大きな声が、いまだに耳に残って忘れられません。

中国の地に一人置いてきてしまった祖母とは、生き別れとなりました。

そうするしかなかったにせよ、いまだに無念で仕方がありません。

私は早生まれなので、終戦の翌年二十一年の四月に、七歳で現地の小学校に入学しました。

あの混沌とした時に、中国で入学できたことが、いまだに不思議です。親が健在の時にいろいろと聞いておけばよかったと、今は思います。

逃げる途中のどこかの場所だったとは思いますが、学校の行き帰りに、中国の子供から、石を投げられたことをはっきり憶えています。

つらい思いをしましたが、日本人が中国人にしたことを考えると、仕方がないと思います。

親からは、危ないから学校に行くな、と言われたことも憶えています。

昭和二十一年に博多に引き揚げてきましたので、学校には数ヶ月しか通いませんでした。

父の妹である叔母は結婚していましたので、夫の故郷である名古屋へと向かいました。しかし、それっきり、その叔母は行方知らずとなりました。

私達親子は、父の生地である北海道に向かうことになりました。向かうと言っても、父のほうは親（祖父）も兄弟もいなかったのと、妹とは別れていたので、親戚は誰もいませんでした。母のほうの家族は戦争の混乱の中、所在はわかりませんでした。

まず、満州で知り合った人達のお世話になりながら北上していきました。はじめは山梨県の塩山（現在の甲州市）に住んでいた方の家にたどり着き、お世話になりました。

私の記憶では二、三日滞在しました。日本に帰ってきて初めて落ち着けた場所でした。

そのあと、東京都の立川に帰る人達の、親戚の方のところにお世話になりました。その頃の他愛のない思い出がいくつかあります。

そこの家の子と喧嘩したこととか、妹が私を「みちよちゃん」と言うので、母に「お姉ちゃん」と言いなさいと何回も注意されていたこととかです。

二、三ヶ月経った頃だと思いますが、なんらかの情報が入ったらしく、秋田に向かいました。

秋田には母方の祖父母と弟夫婦、もう一人の独身の弟、妹達二人がいました。祖父達も樺太からの引き揚げ者だったので、所在を確認するのに時間がかかったのです。

祖父は樺太で炭鉱を経営しておりました。

日本人、朝鮮人、ロシア人など、五つの国の方を雇っておりました。

秋田県の岩舘村というところでの暮らしは、祖父達、兄姉と寄り集まっての生活でした。

自分の身内は一人もいない中、父はいづらくなり、母は母で父に気を使わなければならない日々でした。

そこから逃れるように、北海道へと渡りました。

函館から汽車（当時は電車はなかった）で二時間くらいかかる片田舎の、母の姉家族のところに転がり込みました。

義理の伯父は、その当時、国鉄に勤めていました。

その官舎の六畳二間しかないところに伯母夫婦家族六人、総勢十人が暮らすことになりました。

そこでは、家の中にある石炭小屋の一畳もないようなスペースに棚を作り、その上に私達家族四人は寝泊まりしました。

嫌だったのは、毎食とも、山から採ってくるフキの料理だったことです。こちらのフキと違って、丈が一メートル以上あり、直径一・五センチぐらいの太さで、葉っぱは傘のような大きさでした。それを、朝は味噌汁の具に、夕食にもまたフキを使った料理と続き、それが大嫌いでうんざりでした。

でも食料のない中、文句は言えません。そのフキは労力だけで採り放題なので、お金もかからず、十名の食料としてはとても助かったのです。

夏場だけですが、バケツに水を入れて、その中にフキを何本も立てかけていました。

今はフキが大好きです。

父は、義理の伯父の紹介で、国鉄に勤めていました。

性に合わなかったらしく、ほどなくやめて、隣村に引っ越しました。

両親は、これからどのように生きていこうかと、二人で真剣に考えたことでしょう。帰国できなかった人や、祖母のように泣く泣く満州へ置いてこなければならなかった人、親が子を置いてこなければならずに残留孤児となった人などがたくさんいます。今、冷静に考えると、一歩間違えれば、私達姉妹も残留孤児となっていたかもしれません。

よく妹とこのことは話します。

そのように死線を乗り越えて、ようやくたどり着いた地でやるべきことは、とりあえず何か商売をすることでした。両親は小料理屋をやろうと思ったそうです。

そのためには、お金を貯めなければならず、両親は、担ぎ屋を始めました。当時、この仕事はめずらしくなかったのです。

まとまったお金がたまり小料理屋を開くまで、両親は電車でひと駅の「マーケット」に通っていました。

「マーケット」というのは、十数軒のいろんなお店が入っていた長屋のようなところです。地元の人がそう呼んでいました。両親もその一角を借り、ラーメンとかお酒などを出していました。

そのラーメンを食べた私の友人が、「ラーメンというものを食べたのは初めてだ」と言っていました。

たぶん、中国で食べたものをアレンジしたのでしょう。

父はその頃、盲腸の手術のあとの経過が悪く、休んでいました。

私は、もう一度小学一年生に入学し直しました。早生まれだったので、遅生まれの人と同い年だったのが幸いでした。

私が小学校五年生の時に、マーケットでの商売で貯めた資金で土地を買い、二階建ての店舗兼住居を建てました。

母は調理師免許の試験を受け合格していたので、目標にしていた小料理屋を始めることにしました。

家を建てる時、近隣住民から大反対されました。

その理由は、まったく理不尽でした。引き揚げ者で、よそ者だからというのです。

その当時、引き揚げ者に対して、ある種の差別のようなものがあったのです。

帰国後（1948年頃)、ようやっと落ち着いた頃、一家４人で記念撮影。

小学校入学（1947年）の記念に。妹の上着は毛布で作った母の手作り。

地鎮祭の時に、集まった反対の人達に向かって父は、理路整然と訴えていました。

子供心に、「父さん、よく頑張ったなあ」と思いました。

そんなこともありましたが、家は無事、完成したのです。


五年生の時に、担任の教師から作文コンクールに応募するように言われました。「六年生のほうが、字が上手だから」と、先生が六年生に頼み、清書してもらい応募しました。

その内容は、とにかく家の商売が嫌いで、お酒を出すようなことが嫌だというものでした。やましい商売をやっている訳でもなく、学校の先生も何かの催しものとか、特別な集まりなどに使っているような店でした。

両親が心血を注いで作り上げたものであることはわかります。が、とにかく嫌だ、ということを書いたのです。

その結果について、先生からの報告はありませんでした。入選しなかったのだろうと思います。

中学時代、テストの結果がいいと、「満代は、元気なく帰ってくる」と母が言っていました。元気がない時は、反対にいい点数だとわかっていたそうです。

妹は「姉ちゃんと私は正反対だもんね。私は喜んで帰ってくるのに」と、折々に話しています。

私は自分にプレッシャーをかける性格でした。次は、もっといい点を取らなきゃと思ってしまうのです。今でもこの性格は残っています。

成績の話で忘れられないことがあります。

友達から「満代ちゃんは、本当は一学年上だから、勉強ができるんだよね」と常々言われていたことです。

満州で一年生を卒業できなかったので、また一年生からやり直さざるをえなかったのに、そのように言われることが、とても嫌でした。当時は「いじめ」とは言いませんでしたが、今、思うと、本当にいじめでした。

私はまだ子供だったので、「自分のせいで一年生を卒業できなかったのではなく、戦争のためだ」と言い返せなかったのです。

私は、とにかく、勉強が好きでした。両親が寝るのは、いつも店が終わってからの十一時、十二時でしたが、テストが近づいてくると、私はその時間帯から朝まで勉強して学校に行きました。


私の小学生時代には、冤罪や、未解決事件が多くありました。

私はそんな事件を裁くため、弁護士になりたいという夢を強く持ちました。

勉強が好きで、六年生卒業の時には校長賞という、全校でも二、三人しかもらえない賞をもらいました。

私が中学生になった頃、商売が軌道に乗り安定したので、父は事務所を開き、女性の事務員を一人雇い、今で言うノンバンクの仕事を始めました。

父と母の関係は、引き揚げてきて店を出すまでは、仲良く力を合わせていました。

ですがその後は、父の女性問題で、常々、母は悲しい思いをさせられていました。

そんな中、私が中学二年生の時に、父は商売を大きくしたいと、単身で函館に行きました。

私は夢の実現のために、田舎の高校より函館の進学校に入り、大学に進みたいと思っていました。

父がちょうど函館に住んでいたので、一緒に暮らし、通学すればいい、と考えました。

父に承諾をもらいに行きました。

父は、「できる子はどこの学校にいても大学には入れる」と言い、函館の高校入学を認めてくれませんでした。私も諦めざるをえず、がっくりして帰りました。

それから一年後、中学卒業の時にも、校長賞をもらいました。そして、地元の高校に入学しました。

入学して間もないある日、父の友達から、母のところに手紙が来ました。

その手紙は全部カタカナで書かれていました。誰からかわからないようにカタカナにしたのだと思います。

父が函館に出る時、事務員を連れていき、その女性と一緒に住んでいるとの内容でした。

母も私もびっくりしました。

特に私は、そんな理由で一緒に住むことを許さなかったのかと、ショックでした。

父に対する憤りを禁じ得ませんでした。

母も、今までさんざん女性のことで泣かされてきたうえに、こんなことになるとは、本当にかわいそうでした。


その手紙が届いてからまもなく、高校一年生の時に、突然、双極性障がいを発症しました。

それが、絶望、苦しみ、悔しさの人生の始まりだったのです。

発症の原因はのちのちわかるのですが、突然、躁になり、半狂乱のごとくなりました。

そして、母が北海道大学附属病院につれていくため、駅のホームで汽車を待っている間中、地べたに座り込み、騒いでいたのを思い出します。

同級生二人が見送りに来てくれました。

この二人とは退院してからも友情は変わらず、函館に入院した時にもお見舞いに来てくれました。少なくとも、差別されるようなことはありませんでしたし、一緒に一泊で支笏湖にキャンプに行ったりもしました。

双極性障がいには、一型、二型とあり、私は一型です。一型の特徴は、多弁、多動です。個人差はあるのでしょうが、私の場合は、頭が鮮明になり愉快な気分になります。大きい買い物（家とか車など）をする人もいます。

私の一型のほうは症状がはっきりわかる状態なので、すぐ、双極性障がいと診断がつきます。

二型のほうはうつ症状に近いので、間違われて、何年も「うつ」の薬を出されることが多いです。ひどい人は十数年もわからずに、反対の治療をされる人も多いです。反対の薬を服用しているわけですので、なお悪くなります。

そのぐらい、医者も二型については、双極性障がいと診断することが難しいのです。

昨年、双極性障がいの人達の集まりで、初めて型があることを知りました。その時まで医者は教えてくれませんでした。

本当に精神科の病気については、当事者の目から見ると研究が進んでいないと思います。

入院中の最初の頃のことは、全然憶えていません。

一ヶ月くらいで、躁状態はおさまりました。

大学病院なので、回診は、教授はじめぞろぞろと十数人で回ってきますが、患者はベッドの上で正座して待っているのです。

教授の顔だけは、はっきりと憶えています。

端正な顔立ちの人で、威厳があり、冷たい科学者のようでした。昔も今も（私の夫が亡くなった時の大学病院でさえも）変わりありませんが、大学病院の医者は神様である……かのような感じがありました。

子供だったので、すごく偉い先生なのだ、と思ったのでしょう。

入院の期間は二ヶ月ほどでした。

退院はしましたが、精神科に入院したことが恥ずかしくて、高校を中退せざるをえませんでした。

その当時の社会環境では、精神科に入院したというと、頭がおかしくなった、と言われるような状況でした。

今でこそ、いくらか社会も理解してくれるようになりましたが……。

退院してからは、外来には通わなくてもよく、薬も出ませんでした。退院した当時は母も私も治って退院したと思っていました。

今だから、「躁」だった、「うつ」だったと書いていますが、退院する時病名は教えてもらえませんでした。

休学中だった高校はやめましたので、不本意ながら、札幌のお嬢様学校と言われていた、ミッションスクールの編入試験を受けました。

結果は自信がありましたが、不合格でした。

母は、私がテストを受ける前に病気になった経緯を、すべてシスターに話していたとのことでした。

ミッションスクールのシスターといえば、わかってもらえると思っていましたが、当時のことですから、相当に偏見があったのでしょう。

あとで聞いた話ですが、多額の寄付でもすれば別だけれど、と言われたそうです。

これはもう笑い話になりますが、シスターに話をしに行く時に、新巻きシャケ一本を挨拶代わりに持っていきました。

その時代でも、地元の産物とはいえ高価で、お正月に各家が一本必ず用意するような品です。

今度は函館の私立病院の精神科に入院することになりました。十八歳の時のことでした。

その病院のひどさは、今でもトラウマになっています。

治療は薬物と電気ショックでした。

電気ショック治療は、今、私の通院している病院でもやっていますし、まったくなくなったとは言えません。

私が八年前に入院した時に、実際にアフターケアの様子を見ました。麻酔の点滴などをしながら患者が病室に入り看護師が頻繁に病室に出入りしていました。県立の病院なので、このようにまで変わったのだと思いますが、私立病院での対応が全部このように変わったとはとても思えません。

当時、函館の病院で私がされた電気ショックは衝撃的でした。

まず、十二畳ほどの部屋に、電気ショックを受ける人を寝かせます。十二、三人がその傍にタオルを持って立ち、順番を待つのです。効率をよくするためなのでしょう。

そうして待っている患者の前で、タオルをかませて電気をかけるのです。

患者が意識を失い、手足をバタバタさせている光景は、恐怖とともに一生忘れることができません。

自分にも順番が来て、同じようにされたわけです。こういうことは今では許されません。

入院期間は三ヶ月くらいでしたが、二ヶ月間はこの電気ショックをかけられました。

幼少期の記憶がないのは、電気ショックの副作用だったと今でも思っています。

現在はだいぶその症状が薄らいできてはいますが、やはり断片的に記憶が欠落しています。

本来なら、満州であった出来事も、もう少し記憶があるはずです。

その病院では考えられないようなこともありました。

六人部屋だったのですが、夜中に男性の看護師が隣の人のベッドに入っていたのを、たまたま見てしまいました。

病院自体は鍵をかけているわけですから、一般人は院内での出来事はわかりません。

私が発病してから十三年後に、朝日新聞の記者がアルコール依存症を装って都内の私立の精神病院にもぐり込み、「ルポ・精神病棟」を連載していました。発病の時、見送ってくれた友達が、その連載を教えてくれました。

その元記者が二年前に出版した著書の中で、入院者達は「現代の奴隷」としか言いようがなかった、と記しています。

まさしくそのとおりで、その連載を見て、よくぞ侵入でき、精神病院の実態を社会に知らしめてくれた、と思いました。

入院生活は本当に屈辱の日々でした。

そんな中でも救われたのは、看護師長にかわいがられたことです。

看護師長は母とも仲よくなり、私の家にボーイフレンドと遊びに来ました。

砂浜の海岸を歩いている二人の写真が残っています。

師長にかわいがられていた私は、看護師の詰所に頻繁に出入りしていました。

北大病院でもそうでしたが、なぜだか病名を教えてもらえませんでした。

どうしても病名を知りたくて、いたるところで「マニー」というような言葉を聞いたので、置いてあったドイツ語辞典でひいてみました。

「躁うつ病」と出ていて、初めて病名を知りました。

入院したのは、その病院と北大で、二回目でした。

退院してから、前に書いたとおり、父が函館で女性と同居しているところにしばらくおりました。

自分の病気の原因となった父のところに住んでいたのは、少しの間とはいえ、考えられないことでした。

いつもそうなのですが、「うつ」になり、退院しました。そして、それから今度は「うつ」との闘いが始まるのです。

躁だけ治ればいいという治療方針なのか、それともほかの手立てが今のところないからなのかはわかりません。

「うつ」になると、喜怒哀楽が欠け、どうでもいいや、と、自分の意思を表現できなくなります。普通の精神状態に戻ってから考えると、よくぞ私の苦しみを作った父のところで、数ヶ月とはいえ、暮らしたものだ、と改めて思うのです。

この恨みは六十歳を過ぎても続きました。本当に私の人生を台なしにしたのですから。

その父を許せるようになったのは、自分が結婚して、夫と生活するようになり、その考え方などの影響を受けたことが大きいと思います。

私自身も年と共に、いくらか柔軟な心になってきたのかもしれません。

そして、寛容な気持ちも持ち併せてきたのでしょう。

許す、寛容、というのは、人間が成長することと、進化することなのだ、とこの年になってわかりました。

夫と結婚して五年目ぐらいに、母の住む室蘭に行く途中に函館に寄り、父に夫を会わせることができました。

妹が高校を卒業した時、私は二十歳になっていました。

二人で、町で初めての喫茶店を開きました。

母は自分の小料理屋の店を続けたかったのですが、電車で二時間半ぐらい離れた室蘭で、母の姉と共同でナイトクラブを始めました。

これにはいろいろと事情がありました。

だいぶ昔の話になりますが、満州に行く前に母は一度結婚していて、男の子を産んでいたのです。

その相手は祖父の会社の経理をしていた人で、祖父の勧めで結婚したのです。

結婚してみたら、ひどい酒乱でした。祖父達も知らなかったそうです。

男子が一人生まれていましたが、祖父が、「自分達が孫を育てる」と言って、離婚させたのです。

母はその後、父と出会い、恋愛結婚をしました。

母は結婚の経験もあり、子供もいると話してのことです。

私が五年生の時、何を考えたのか、「母さん達、恋愛結婚だったの？」と聞いた憶えがあり、母が「そうだよ」と答えて、「ああ、よかった」と言ったのを憶えています。

たぶん、父と母の関係を見ていて、仲のいい時に生まれてきてよかったと思ったのでしょう。

戦後の混乱の中、祖父達も樺太から引き揚げてきて、秋田に落ち着いた時、もちろん母の子供も一緒でした。

満州から引き揚げてくる時、父は、「落ち着いたら、その子を呼び寄せて、一緒に暮らしてもいい」と言ったそうです。

ところが、実際に落ち着いたので呼び寄せたら、なんと父に拒否されて、祖父達の元に返すこともできなくなってしまいました。そこで、当時、割烹料理店を経営していた母の姉夫婦が育ててくれました。

父違いの兄は、私の五歳年上でした。高校を卒業して地元の銀行に就職し、美容師と結婚して男の子供がいたそうです。その子は今の皇太子と誕生日が同じでした。

兄のことは、私も妹も室蘭に引っ越したので詳細はわからなくなったのですが、三十歳前に亡くなったそうです。母はさすがに知っていて、仏壇に位牌を置いていました。

そんな恩がある伯母の誘いなので、しかたなく室蘭に行くことになりました。

喫茶店を営業するにあたり、本物のコーヒーを飲んだこともない私達ですので、室蘭に住んでいる伯父の紹介で、ソフトバーテンダーに来てもらい、一から教えてもらいました。

おいしいコーヒーをいれるのは結構難しく、何回も特訓を受け、開業しました。

開業したのは、一九六〇年でした。

世の中は、六十年安保で騒然としていました。

岸内閣の強硬姿勢に、学生、労働者が立ち上がり、連日ニュースで報じられていました。

そんな中、東大生の樺美智子さんが国会前で亡くなり、この時代の非情さを強く感じました。

引き揚げの苦労を知る私達は皆、戦争に関することには敏感でした。

私達も何かをせねば、という思いにかられていました。

その当時、東京で「歌声喫茶」というのがあることを知り、私達もやろうということで、何人かの人達と始めました。

定期的にアコーディオンのできる人も参加してのことでした。

ある種の政治的活動のようなもので、一般のお客さんは、次第に途絶えていきました。

そのような時に、妹が用事で留守になるので、妹の同級生がピンチヒッターで来てくれました。ところがその晩、二階に泥棒が入りました。

私は一階から逃げたのですが、同級生は二階の窓から飛び降りて、踵を複雑骨折してしまいました。

そういうこともあり、母は、私達姉妹二人に店を続けさせることはできないと、閉店させて室蘭に呼び寄せました。

結局、喫茶店の営業は二年足らずで終わりました。

こうして、室蘭の母のもとに、妹と二人で引っ越しました。

私は「室蘭労音」の事務局員として勤めだしました。

もう五十年以上前のことになります。ですので、「労音」については正確を期するため、インターネットの情報から引用します。

「労音」とは「全国勤労者音楽協議会」の略称です。一九四九年十一月、大阪に初めて設立されました。

労音の特徴は会員(聴き手)が中心となって企画、運営を行うことです。戦後まもない発足の頃、それまでは高嶺の花であった音楽会を、勤労者を中心とした一般市民のものにしてきた、音楽鑑賞運動です。

大阪労音に次ぎ、東京労音は一九五三年に設立されました。そして、横浜労音は一九五四年に設立され、一万人を超える組織になりました。

一九六〇年代半ばには、百九十二の地域組織が存在し、会員数は六十五万人を超える組織になっていました。

労音運動は日本の文化と音楽界に大きな影響を与えてきました。

音楽という表現を聴くために、我々一般人と働く者達が勝ち取った最高のものだと思います。

戦前、音楽は、特権階級のものでしたが、各地にコーラス団体が次々とできたのも、労音から発したことで、大阪労音などはミュージカルなども例会で発表されています。インターネットでも記載されていますが、五木寛之氏などは初期の頃に何かと関わっていたようです。

私は、室蘭の事務局長に力のない事務局員とみくびられていました。

それぞれのリーダーが会員をたばねていましたが、私のグループの会員がトップになりました。

私は一九六〇年代初頭に事務局員になっていて、それは全国的に会員数がピークに達した頃でした。室蘭労音は三千人くらいの会員数だったと記憶しています。

一九七〇年代初頭には大阪労音も含め、大都市の労音は衰退しました。

現在では各地に「勤労者音楽協議会」の名称だけでなく、「音楽鑑賞協会」「新音楽協」などの名称の四十余りの組織が存在し、会員数万人の全国的なネットワークとして「全国労音連絡会議」が存在しています（インターネット、ウィキペディア「勤労者音楽協議会」参照）。

ある日、室蘭労音の例会（演奏会のこと）で、芥川也寸志（あくたがわやすし）指揮で「東京労音新交響楽団」の演奏会がありました。

演奏会のあと、芥川也寸志さんと会員数名で、レストランで少々お酒など飲みながら座談会をやりました。そんな記憶も懐かしく思い出されます。

全国的な労音の活動は衰退したとはいえ、今の音楽界にも多大な影響を与えたと言って過言ではありません。

詳しくはインターネットで検索すると出てきますが、見るとびっくりします。

私はこの運動の事務局員だったのだということを誇りに思い、責任の重い仕事をしていたのだと改めて思いました。

今までの私の人生は、新しいことを始める時、組織、会社に入ってすぐ、おとなしいせいで馬鹿にされるというか、今で言う、「上から目線」で見られていました。

ですが、私が周りの状況、人間関係を把握してから動きだすと、皆が見直し、私も自分の力を精いっぱい発揮します。

労音事務局員時代も、グラフを作って毎月何々グループは会員が何人になったとか、例会（コンサート）までに、ギャラ、ホール代、雑費、そして事務局長と私の二人分の給料のことも計算に入れ、予算を考えました。

昔、生命保険の外交員の人達の営業成績を棒グラフで貼っているのを映画などで観たことがありますが、この場合は、会社と個人のためのグラフです。

私達は、いかに演奏者が気持ちよく演奏してもらえるか、そして、たくさんの人に労音の意義をわかってもらえるかだと思い、活動を続けていました。

二年ほど経った時に、ある平和団体の事務局に来てほしいとの話があり、労音をやめました。

そこで、約一年半、勤めました。

ですが、組織のあり方に矛盾を感じ、やめることにしました。

引き継ぎの作業で、昼夜、そして自宅までも仕事を持ち帰り、あまりの忙しさに、くたくたになりました。

また、病気になってしまうと思い、自ら札幌の精神科の病院に入院しました。

入院には「任意入院」と、「措置入院」とがあります。

任意入院は、みずから入院することです。それに対して措置入院は、自傷、他傷などの恐れがある人を、本人の意思にかかわらずに第三者が入院させるものです。

ですので、この時の入院は任意入院でした。

疲れが、ピークに達していました。

入院したまでは憶えていますが、そのあとは何も記憶にないのです。

少し脱線しますが、ここまで書いてきて思うことは、この作品は、ただの記憶の羅列ではないかと思ったりもします。

ですが、私は、一人の躁うつ患者の人生を書きたかったのです。

最近、差別と偏見の中で気づいたことは、自分自身が偏見を持って自分を見ていたなあということです。

私は、「自分が、双極性障がいだ」とはっきり言えなかったのです。

今は、たとえ生物学的なところからくる病気とはいえ、この病気もほかの病気と同じように、必ず発病する理由と原因があると信じています。

社会の偏見により、自分も自分に偏見と罪の意識を持ったのです。

現代社会で、障がい者の生きづらさは、いくらか解消されてはきました。

障がい者雇用促進法ができたりもしました。

企業や公的機関に、一定割合以上の障がい者を雇うことを義務づけているものです。

今まさに、この原稿を書いている最中に、大きなニュースが入ってきました。

これも大きな偏見のひとつです。

省庁が、障がい者を雇っているよう水増ししていたことが発覚したとの記事が、新聞の一面に載っていました。

まだまだ偏見はなくならないのだと、痛切に思いました。

新聞によると、民間企業に積極的な障がい者雇用を求めている国が、法定雇用率を下回っていたのです。これは障がい者の人権にかかわることだと思います。

こういうことをきっかけに、社会も障がい者、健常者（私にはこの言葉もひっかかります）が共生することの意味を問うてほしいです。

ある時、新聞を読んでいて、障がい者の「がい」という字が〝害〟と書かれていたのも見ました。

その字を使っている文を何回も見ているはずなのに、障がい者は「害」なんだと、憤りを覚えました。

それを夫に話したら、自分は、ひらがなか、「碍」の字を書くと言っていました。夫のほうが格段に障がい者への偏見がないなあ、と感じました。

四十代半ばの頃、ある友達は、満代ちゃんは、「何回も入退院をくり返しながらも、必ず復活するものね」と言ってくれたことがありました。

そのように見ていてくれたのか、と嬉しかったです。

幸いにも、私は周りの人達にあまり偏見の目で見られなかった気がします。

話を戻します。札幌の病院を退院したのは、二十六歳の頃でした。

その当時母は、母の姉と共同で始めたナイトクラブが倒産して、生活保護をもらっていました。

母がまた再起をかけ、飲食店をしたいということで、妹と三人で考えて、父に資金を出してもらうことにしました。

父とは、五、六年会っていませんでした。

母と妹が言うには、私が一番父に信頼されているので、私が電話をかけたほうがいいということになりました。

今でもその時のことを思うと、ドキドキします。

だめだったらこれからの生活はどうしようとか、どのように切り出したらいいかとか、いろいろと考えたのを思い出します。

当時はまだ電話をもっている家が少なく、郵便局の公衆電話からかけ、妹がそばにいたことなども鮮明に憶えています。

実はこういう切迫した行動が、精神状況によくないのです。

父はどうにか承諾してくれました。

母は、妹と小料理屋を始めました。

やっと、生活保護も受けずに済むようになりました。


私も退院後、「うつ」にもならずに、会計事務所に勤め始めました。

その頃から一人でも生きていけるよう自立の道を考えなければ、と思い始めました。

確固たる仕事に就くためにも、何かの資格をとったらと考えていました。

たまたま新聞に、簿記学校の広告が載っていて興味を持ち、入学のため上京しました。

二十八歳になっていました。

学費は父が出すと言ってくれました。

最初は叔母が川崎に住んでいたので下宿させてもらい、東京の神保町まで通っていました。

半年ぐらい経った頃、もっと勉強しやすい場所に移りました。

夢は大きくて、税理士になることです。

今はわかりませんが、当時、受験資格があるのは、大学を卒業しているか日商簿記一級の資格を持っているか、でした。三級までは室蘭で取得しておりました。商業高校では、三級までは取得させるそうです。

日商簿記は二級、工業簿記は一級を取得しました。

簿記学校には二年間通い、日商簿記一級にも何回かチャレンジしましたが、叶いませんでした。

現役の大学生も授業に来るくらいですから、当たり前と言えば当たり前で、私の実力では及ばなかったのです。

夢はあきらめました。そしてまず、銀座にある派遣業としてさきがけの人材派遣会社に登録しました。

今から五十年ほども前のことですから、会社は存続しているかどうかわかりません。

知り合いの五十代の人が会社名を知っていたので、たぶん、存続しているとは思います。

当時の派遣社員は、特殊な技能などがある人に限られていました。

最初に派遣されたところは、某大手の商事会社でした。

三日間ほどの経理の仕事でした。個室での仕事でした。

派遣代が銀行に振り込まれてきて、予想していた金額よりも多くびっくりしたことを憶えています。

しかし、何ヶ月もそこにはいませんでした。

派遣をやめると、小伝馬町にある会社に勤めました。そこの会社はレストラン、日本料理、洋菓子店などを経営していました。

これらの店名を出せば、知る人ぞ知るお店でした。

私の所属は、そこの三店まとめての経理を担っている部署でした。

川崎の溝の口に移っていたので、二時間以上かけて通いました。若かったから通えると思ったのでしょう。

ほどなくして、やはり通うのがきついので、今度は、四ツ谷にある大学の医学部の教科書を作っている、こぢんまりした出版社に勤めました。

ここでは経理全般を任されました。

入社してまもなく、四ツ谷税務署が調べに入りました。

私が対応し、なんの問題なく済みました。社長が大変喜んでくれたのを記憶しています。

税務署員が北海道の人で、私達が育った町から一時間ぐらいのところの出身でした。

本当に世の中はせまいなあ、と思いました。

その頃、宛名書きというアルバイトがあり、社長が、妹にそのアルバイトをやらせてくれました。一通宛名を書くと何円、という仕事でした。

今のインターネットの時代では考えられないですが、四十年前はこういうバイトがあったことが驚きです。

妹は、私が上京して学校を卒業するまでは、母の店を手伝っていました。

私が上京してきたのが、二十八歳で、妹も同じ二十八歳でデザインの専門学校に通うために上京してきました。

私のアパートで一緒に生活しました。

半年ぐらい経ってから、私たち二人は母が一人で店をやるのは大変だと考えて、私が妹と入れ替わりに帰ることになったのです。

いろいろよくしてくれた社長にすまないと思い、「父が癌になったので帰らなければならない」という口実で退社しました。

それから三ヶ月くらい経った頃、「父さんの具合はどうですか」と、社長から便りがありました。よくなっていれば帰ってきてほしい、というものでした。

必要とされて大変嬉しかったのですが、復職することもできずに、そのまま店の裏方の仕事を手伝っていました。

妹は専門学校を卒業して、そのまま横浜に移り住みました。

テキスタイルデザイナーとして、個人レッスンなどに励んでいました。

その妹はご縁があり、ほどなく結婚することとなりました。

今でもなぜ、と思うのですが、結婚式には母だけ出席することになりました。費用のことなどあったのだと思います。

そこで母は、私に店をやりながら留守番をしてほしい、と言ったのです。もう何年も元気にしているので、私の病気が再発すると思わなかったのでしょう。四、五日の留守番でしたが、小さい時から酒の席は嫌で嫌でたまらないのに、と母を恨みました。それでも仕方なく留守番をしていました。

店の客筋は、主に、何々会社の社長とか、大会社の幹部というような社用族でした。留守番は、はじめはドキドキでした。そのうちにだんだん躁状態になりました。躁状態になると会話がスムーズになるので、お客さんも面白がっていました。母が帰ってきた時にはピークに達していました。

完全に躁状態になってしまっていた私は、地元の私立病院の精神科に入院しました。

今は情報を得ようとすればインターネットがありますが、家族間、当事者の悩みを共感、共有する場が当時はありませんでした。そういう場ができたのは、私の知る限り、この二十年ぐらいです。

情報があれば、そこには入院しなかったと思います。しかし、自分の受けたことを情報として提供したいと思います。

その病院では、薬を大量に服用させられて、副作用により、しゃべれなくなりました。

口が回らず、「あ、あ」としか声がでません。このましゃべれなくなったら、と恐怖でいっぱいでした。その怖さは今でも忘れません。

さすがに薬を減らしたのでしょう。それが治まると、次は冬の北海道の寒さの中、朝ごはんの前に起こされます。たぶん、五時ぐらいだったと思います。

そして、作業療法と称して、ほかの患者のおむつの洗濯をさせられました。その頃はまだ紙おむつなどない時代でした。零下何度の状況下で、水で洗わされたのです。

本当に精神科の病院は何をしてもOKという感じで、人権を踏みにじられていました。

さらに考えられないことですが、何十年も入院させられたりするのです。

実際に入院中、そういう人に何人も出会いました。

今なら、私が退院してその事実を親に話したら問題になるでしょう。

前にも書きましたが、退院の時は「うつ」になって帰ってくるのです。

ですので、そういうひどいことをされたことにも無感情で、おかしいという気持ちが起きずにそのままにしていました。

今年になってから、頻繁に、精神科の病気に関する番組がEテレなどで放映されています。

今になって、何十年も前の闇の部分が明るみにでてきています。

旧優生保護法が一九九〇年代まで続きました。

優生思想に基づいた優れた者の命だけを尊重し、劣った者（障がい者など）を産ませない、という法律です。

全国で知的障がい者をはじめ、精神障がい者など一万六千人もの不妊手術が行われていたのです。

最近、私と同じ双極性障がいの五十代の女性と友達になったのですが、その方も二十代の時に不妊手術をさせられたそうです。

私もそういう目に遭うかもしれなかったと思うと、戦慄を禁じ得ません。

ナチスは優生思想のもと、障がい者を排除しました。

三十六万人もの障がい者を手始めに虐殺し、さらにユダヤ人を中心にのべ六百万の人が殺されたのです。

日本では優生保護法ができたのが戦後だったということが、また驚きです。

偏見、差別が助長されてきたのです。


その病院を退院したのが、三十四歳になったばかりの四月でした。

いつものように軽い「うつ」の状態で退院したのです。

北海道の四月は、まだストーブを焚いています。

その頃、部屋に、小さな三、四ミリぐらいのサボテンが四、五個まとまって鉢に入っているのを飾っていました。そのサボテンが、花をいっせいに咲かせたのです。

今は、品種改良などされて、冬場に花を咲かせるものもあるでしょうが、母は、「サボテンがこの時期に花を咲かせるのはとてもめずらしいので、今年はいいことがある」と言って、すごく喜んでいました。

この予感はやがて現実となるのです。

退院してから二ヶ月ほどした頃、母の知り合いの会社で事務員として働き始めました。

「うつ」状態での勤めなので、会社には迷惑をかけたと思います。

母の知り合いだったためか、文句は言われませんでした。今思うと、ありがたいことでした。

その頃、妹は、結婚しても織物の勉強をし続けていて、個人レッスンなどにも通っていました。

当時は流行語で、結婚することを「永久就職する」と言っていました。

妹が帰省した時などに私は、冗談とも本気ともつかずに、その言葉を使っていました。

私も病院に入っていない時には、人並みにひと通りの花嫁修業もしました。

茶道、花道は一応免許を取得し、洋裁学校も卒業しました。

そういうカルチャーにすごく興味があったわけではなく、学校に行くことができないから何もしないよりはましという感覚でした。

一人で生きていく意欲もなくなり、誰かに頼りたいという意識が働いていたのでしょう。

妹によると、母は「とにかく満代に一回は結婚させたい」と、常々言っていたそうです。

そんな時、叔母夫婦からチャンスが舞い込んできました。

あとは、妹夫婦がバトンタッチするような形で、段取りをしてくれました。

私のこの先の人生を、病はありますが、豊かな実りのある暮らしができるよう取り計らってくれたのです。母をはじめ、皆で幸せになることを願ってくれたことに、感謝せざるを得ません。

お見合いの日取りは、文化の日をはさんでの連休に決まりました。

母と私の二人で、横浜に行きました。

その頃、妹夫婦はアパートに住んでいて、そこでのお見合いでした。

普通だったらホテルだとか、レストランなどでするのでしょう。

そして、仲人を立てるとかすると思いますが、妹夫婦が仲人のようなものでした。

私達家族は、見栄とか世間体に惑わされることなく、生きてきました。

当時、妹は六畳二間の狭いところに住んでいました。その部屋をきれいに片づけ、花を飾り、心のこもった料理を何品も作り、精いっぱいのお見合いの場を作ってくれました。

お見合いの夜の会食は、堅苦しいものではなく、和気あいあいの雰囲気でした。

出会った時、夫は四十五歳、私は三十五歳の初婚同士でした。

夫は山口市出身で、横浜に出てくるまではある劇団の創立メンバーの一人でした。

そこでは、舞台監督（演出家ではありません）や、全国を回り児童劇の公演をさせてもらうための活動などをしていました。

三十五歳の時、劇団の方針の違いで対立し数名が退団したそうで、夫もその中の一人でした。現在も劇団は存続していて、東京公演などもしています。

私が人に頼りたくなったのは、その時の私が、軽い「うつ」状態だったからです。

お見合いして、一人で生活することから逃げるような、本当に邪悪な動機でした。

夫は夫で、後年、お見合いする気になったのは、義理の叔父の声かけだったから、と言っていました。たぶん、生涯独身で通そうと思っていたのでしょう。

私達家族は、突拍子もない発想をします。

お見合いの二日目は、なんと鎌倉霊園に、母、妹夫婦、私と彼の五人でピクニックに行きました。

このような段取りになんの違和感も覚えないのです。

通常はこういう行動はしないと思います。

三日目には二人でデートしました。

夫は鎌倉がすごく好きな人でしたので、竹寺とか金沢八景などに連れていってくれました。

彼は山口県出身のためか、夕食はふぐ料理の店に連れていってもらいました。

緊張していたのか食べられず、会話も何を話したのか憶えていません。お見合いとはそういうものなのでしょうか。

母達は彼を気に入りました。

次の日、彼が妹の家に来て、「満代さんを大事にしますので」と承諾の返事をしたそうです。

私はその時席を外していましたが、この返事を聞いて母と妹は、夫の前で抱き合って号泣したそうです。

もちろん、事前に私の病気のことは話していました。

今までの二人の苦労を考えたら、喜びもひとしおだったのでしょう。

私は流れのまま、まるでそれが必然のように、結婚へと進みました。感情の盛り上がりもありませんでした。

よく三日間しか会わないのに、夫は決断したなあ、と思っていました。

のちの手紙のやりとりに、「お母さん、美穂子さん（妹）と近づきになったことも、私がどんなによろこんでいるか、解って欲しいと思います」ということを書いていました。

後年、妹に言わせると「小野ちゃん（夫）は家族が欲しかったんだよ」と言います。

その面もたしかにあったと思いますが……。

結婚式は、翌年の五月四日、横浜の教会で上げることになりました。

結婚までの間に、一生悔やんでも悔やみきれないことをしてしまいました。

式まで四ヶ月もあるのですが、北海道の私と横浜の夫は遠く離れていますので、当然のことながら文通することとなります。ですが、病気の私は文章が浮かばなく、返事が書けないのです。

それで、母が一言一句返事を書き、私に清書させて投函するのです。

さすがの母も、「満代、ひと言でも書くことはないの」と言いました。

今、振り返ってみると、どれだけ心配だったのかと、胸が痛みます。

四通のやりとりでしたが、全部、母が書いた文章を書き写しました。

母のなんとか私を幸せにしようという、前代未聞の行動でした。

第二の人生に踏み出すにあたり、しっかりとした自分の思いを表現できなかったことが残念です。

この病気の無感動となる、無気力が現れるなどの、恐ろしさを感じました。

こんな私も、見た目は軽い「うつ」で他人にはわからないので、夫は結婚を決めたのだと思います。

考えてみると、最初は気づかなかったのでしょうが、出会ってからずっと、私の病気に付き合わされたことになります。


地域によってはやらないところもあるかもしれませんが、北海道ではお嫁に行く時に、立振舞（たちぶるまい）といって、お祝いをしてもらいます。

私の場合は、翌年三月に、料亭でお世話になった人、親戚などを招待して、お別れパーティを行いました。夫にも出席してほしいと思いました。

ところが、出席できないとのことでした。

夫は結婚が決まった時点で離職をし、畑違いの会社を友達と立ち上げようとしていました。結婚にあたり、給料が安いので、高い収入を得ようと思ったのでしょう。

その忙しさで北海道まで行く余裕がないという理由でした。

病気で無感動の状態でも感じたのですが、あからさまに書くと、私の夫への第一印象は、経済力がないなあ、ということでした。

そのことを母達に言ったら、「自分のことを棚に上げてよく言う」と言われました。

もちろん、生理的に嫌でしたら、結婚するのも論外です。

人柄もよさそうだしとは、思いました。

でも、経済力がないということは結婚してわかりました。この私の直感はあたったのです。

新しい会社を立ち上げるというのも、私が精神的に安定した状態でしたら反対していたでしょう。

結局、成功せずに、元の会社に戻りました。

何も私はお金に執着しているわけではありません。そして価値を置いてもいません。ですが、最低限の生活ができるぐらいの収入は必要だと思っていました。

結婚前に母達は「年も年だし、いくらかの貯蓄はしているでしょう」と言っていました。

結婚してみると、私の思ったとおりでした。貯蓄は、「ゼロ」の状態でした。

会社が成り立たなかったのも、あとで頷けました。坊ちゃん育ちだったのです。

のちに夫が話してくれたことがあります。

恥ずかしくて他人には言っていないが、戦争中から戦後も、皆が食べることに大変だった時に、「食べることに困ったことがなかった」そうです。

というのも、母の実家が旧家であり、祖父は山口市の市長まで務めた方でした。

夫は終戦の翌年、父と母を相次いで失くしています。

お父さんはアメリカ駐留軍の車に轢かれて亡くなりました。お母さんは同じ年に結核で亡くなりました。

残った祖母に、長男であり、家を守らなければならない立場にあると言われ続けてきました。

家を守るということに反発し続け、とうとう勘当されました。

姉と弟の三人姉弟で財産を分けたのですが、自分が受けついだ財産は全部劇団につぎ込み、自分のためには腕時計一個だけ買ったそうです。のちに夫の親友から聞きました。

そして、三十五歳まで芝居活動をやり、社会に出たのです。

こんなふうに、自分一人のことなら、好きなように生きればいいと思います。

夫もたぶん、この先、一生独身で通そうとしていたと思います。

結婚して二人になるということで、男としての責任を感じていたのでしょう。

振り返ると、新しいことに挑戦してくれたんだなあ、と思います。

今、思えば、これが恋愛結婚であれば、経済力があろうが、なかろうが関係ないと思いますが……。

私達はお見合いでしたし、この時代、お見合いはめずらしくありませんでした。

でも結局、立振舞には来てくれました。

夫は、北海道は初めてでした。

登別温泉に二人で泊まり、翌日、熊牧場など少々の観光をして帰りました。


そして、私は翌年の四月末に横浜に来ました。

私達の新居は、こういう条件で選んだのだと、最寄り駅の道順、妹の家からの地図など詳しく書いた手紙が来ていました。

その中に、「妹のアパートから近いこと」がありました。

新居に着くと、びっくりしました。

妹が全部レイアウトしてくれていました。

デザイナーの学校を出て、プロになろうとしているぐらいなので、素敵に住み心地がいいように整えてくれていました。

私は、「うつ」状態になると、精神面もさることながら、タンスに洋服をたたんで入れることもできなくなるのです。

妹は母と同じくそんなこともわかっているので、先に送っておいた洋服もきちんとたたんで、タンスに入れておいてくれました。

私は本当に家族に恵まれました。

結局、夫は、母と妹から障がいのある私を引き継いだようなものでした。

夫は私の病気に付き合わされた後半生だと思います。

五月四日の教会での結婚式には、バージンロードを歩く時は私の父の代わりに妹の夫が歩いてくれました。

このあたりも変わった一家だなあ、と人は思うでしょう。

いよいよ結婚生活が始まりました。
しかし、私はその頃、うつ状態で、結婚前より悪くなっていました。
うつになると、何もしたくない、お風呂も入りたくない。
日常の些細なことも「したくない」どころか、「できなくなる」のです。
このつらさは、なんとも言葉で表せないぐらい、苦しいものです。
自分を責め、自己嫌悪にも陥りました。ただただ、夫に申し訳なかったのです。
新婚生活というものは、人生で一番楽しい日々のはずだったのに……と。
この申し訳ないという思いは、夫が亡くなるまで続きました。
当時の暮らしを振り返ってみます。
妹は、自宅から十五分ほど離れたところに、アトリエを持っていました。
妹のアパートと、私達の新居は、二、三分しか離れていませんでした。
朝十時ぐらいに妹が迎えにきてくれて、一緒に、アトリエに通いました。

通うというようなものではなく、親に手を引かれて歩いていくようなものでした。

妹の仕事について、ふれておきます。

彼女はデザイン学校でテキスタイル科を卒業し、デザイナーとなりました。

卒業後も個人レッスンに通っていました。

「せんしょく」というと「染色」と思われがちですが、自分で色を染めて、織ることです。「染織」と書きます。これがテキスタイルです。

一応、染織を教えてもらうという名目で、私も妹のアトリエに通いました。

今でも時折、他人に、妹が笑い話として話すことがあります。

アトリエに行く途中の小さなパン屋さんで、毎日メロンパンをお昼のお弁当用に一つか二つ買っていっていました。

そして、帰りにスーパーで夕食の食材を買うために、スーパーでもらった大きな空の紙袋を下げて通いました。

やっとのこと、義務感だけで作った料理は、さぞまずかったろうと思います。

それでも夫は文句も言いませんでした。

それどころか、のちに病気が再発して、入退院をくり返すたびに、お弁当を会社の帰りに買ってきてくれたり、自分から食材を買って作ってくれたりしました。

六ヶ月ぐらい、このような状態が続きました。ようやく「うつ」から抜け出した頃、結婚して初めてのお正月を迎えました。

妹は、染織の原点でもありまた、人間の生き方の原点でもあると考え、新婚旅行もかねて、元旦にインドに旅立ちました。

その後、毎年インドへ三ヶ月間滞在し、染織の道の研さんにはげんでいました。

妹は、北海道でも織物教室を開いて教えていました。一ヶ月おきに、横浜と北海道を行ったり来たりしながらも、自身の製作にも情熱をかたむけていました。

ひと段落して、私もストレスが溜まっていたのでしょう。

それから一ヶ月ぐらい経った頃に、躁状態（躁転）になり、入院しました。

結婚してから初めてのことです。

その時の状況は、自分でもいろいろなことをしゃべりまくったと記憶しています。

しゃべりが傍の人には、びっくりするような、いわゆる半狂乱状態での行動になりました。さぞかし、夫は驚いたと思います。

その時に話した内容で、一番大事なことを私は記憶していなかったのです。

それは手紙のやりとりです。

全部、母が原稿を書いていた、ということを暴露してしまったのです。

あとで母から聞かされました。

結婚前に私の病気のことを伝えていたとはいえ、夫はびっくりしたことでしょう。

まず、こういう話は誰も聞いたことがないことでしょう。

その時の夫のショックはいかほどだったかと思うと、本当に申し訳なく、謝っても謝りきれないことです。


その時の入院は県立病院でした。

夫の勤め先の社長のお姉さんが、県立病院の精神科の看護師長さんでした。

そのつてで、そこに入院させてもらったのです。

私は今まで、発病の時以外は私立の病院でした。私立病院ではいろいろと嫌な思いをしましたので、公立の病院に入院できたのは、不幸中の幸いでした。

この病院は、昭和初期にできた精神科の古い病院です。

その時以来、現在までこの病院に通っています。


再発する時、私の場合は必ず理由、原因があります。

私の友達などは、遠因はあるでしょうが「うつ」になり、そして躁に転じています。

一概に発病する原因を定義することはできないでしょう。

ですが、患者（当事者）の立場からその時の経験上のことを書きます。

この時は、普通の年末年始とは違う忙しさだったことです。

対人関係、妹の旅立ちなどで心身の疲れが重なったためでした。

入院すると、すぐ保護室に閉じ込められました。

保護室は、個室で鍵がかけられています。

その保護室は、十畳ほどのスペースで、床の上にじかに布団を敷きます。ベッドだと危ないという理由でした。

トイレは水洗でしたが、自分では流すことができないようになっていました。外から看護師がボタンを押し、流すような仕組みになっています。

トイレがすぐ流せないのがつらく、看護師さんを呼ぶにも、ナースステーションになかなか声が届きませんでした。ドアをドンドンと叩いたり、大きい声を出したりしますが、来てくれません。聞こえていないことはないはずです。

今の病院は三、四年前に建て替えたので、トイレはセンサーで流れるそうです。

今年、私の友達が入院した私立の病院は、私が入院した当時と同じシステムで、旧態依然の状態だったそうです。

そしていまだに、タバコの自販機を置いているとのこと。病院長みずからタバコを吸っているそうです。

そこの病院の看護師さんさえ、野戦病院だと言っているとのこと。

食事も、食事中にバケツみたいなものに残飯整理をするように入れて歩き、それを見た時には、食欲もわかなかったと言っていました。

もっともひどかったのは朝でした。

朝食を一般の患者に先に配り、それから最後に私の朝食を持ってきます。その間、洗面もできず、トイレの水を流すこともできませんでした。

また日中も、たとえばコーヒーが飲みたくなると、またドアを何回も叩き、看護師に来てもらい、家族が預けているものを作って持ってきてもらうのです。四六時中鍵がかかっているのですから、独房に入れられたのと同じです。

私は、ただただノートにメモ的に感じたことを書いていました。

急性期では双極性の場合、一週間から十日ほどです（個人差はあります）。治療法は確立されていません。ガイドラインは、あるとのこと。ある精神科医師より聞きました。主に薬物療法です。

私の場合は、北海道で精神科病院に何回も入院しましたが、前述したとおり、電気ショック療法などをされていました。

「イタリアの精神科病院は、最盛期には十二万人が収容されていたのですが、保健大臣が一九九二年三月に完全消滅したと宣言しました」（『精神病院はいらない！　イタリア・バザーリア改革を達成させた愛弟子3人の証言』大熊一夫／現代書館）

日本の精神科医療は世界的にも遅れています。急性期を過ぎたら、人の迷惑にならなくなるはずなのに、長々と監禁するのは、人権蹂躙とも言えます。

何せ、鍵をかけられているので、患者だけが中の様子を知っているのです。家族も面会をしても、一時的なものなので、全容を知ることはできません。退院してから、ある時、テレビで刑務所の独房の様子が映されていました。私が入れられていた保護室よりも機能的でよくできていました。精神科の患者は犯罪者以下ということかと、つくづく思いました。国を挙げて、差別したり偏見をしている、と痛切に感じました。

精神障がい者だけでなく、この国はあらゆる弱者に対して、二十一世紀に入っても差別・偏見がなくならないのです。その証拠に月刊誌の「新潮45」に、国民が選んだ政治家が堂々と差別・偏見に満ちた文章を寄稿して物議を醸しています。

この文章を掲載した出版社の今までの志はどこにいったのか、と思います。新聞などで読むと、創立者の理念が台なしになっているとのことです。

売れ行きが芳しくないので、という言い訳で、差別・偏見を売上アップに使われたのかと、本当に悔しく、怒りさえ覚えます。

その時は、二ヶ月くらいで退院しました。


何せ、結婚して初めての入院でしたから、夫はびっくりしていました。

母達は相当に狼狽しました。妹は入院中にインドから帰国していました。

いくら障がいがあるということを話していたとはいえ、母と妹と二人で、「もう離婚される」と話していたそうです。

ところが、夫は毎日会社の帰りに見舞いに来てくれました。

主治医である女性の医師から、母が聞いていたことがあります。

退院の時などは、よその家族は大概、夫が先に歩いて奥さんがうなだれてうしろについて帰っていくということを言っていたそうです。

それにひきかえ、夫は、帰宅してからも嫌味ひとつ言わずに受け入れてくれました。

主治医も母達も夫の言動に感心していました。

その後、母はよく「満代達は智恵子抄みたいだ」と言っていました。

ここからは時系列ではなく、いろんな出来事、感じたことなどをランダムに書きます。

まずは、やはり夫のことを中心に書いていきます。

夫は、三年前に八十五歳を目の前に亡くなりました。

夫は、私が何回入院しても、退院して帰ってきても、ああだ、こうだとひどいことを言わず、私が困るようなことを一切口にしませんでした。

例の、母が書いていたという手紙の一件にしても、何も言われませんでした。

私は躁転すると相当な暴言を吐くそうで、半分くらいは自分でもわかっているつもりですが、どうにもできません。それについても文句も言いませんでした。

忘れられないことがいっぱいありますが、その中でも一番ありがたいと思ったことは、文句ひとつ言わずに、トイレ掃除をしてくれたことです。

しようと思ってもできないことを、常に察してやってくれていました。そういうことが、多々ありました。

そして私が回復すると、毎週土・日のいずれかは、ドライブなどに、連れて行ってくれました。

趣味の多い人で、そのひとつが写真で、どこに行くのにもカメラを持ち歩いておりました。

まだデジタルカメラはなく、その頃、夫の撮る写真はフィルムで、白黒が多かったです。

そして撮ってきた写真を、ひと部屋を暗室に早変わりさせ、家で現像していました。ですので、狭いアパートの半間分の押し入れは、現像のための道具や三脚やらで占領されていました。

私達はアパートの二階に住んでいました。

現像は最終段階でできあがった写真をシンクの中に入れて、水道を流しっぱなしにしなければなりません。一時間ほどなのですが、油断して下の階まで水がもれ、水びたしになり、迷惑かけたこともありました。

そして撮ってきた写真を、日付、コメント付きで、アルバムにきちんと貼っていました。

そういうことは、誰しもがすることだと思います。

私はうつになると、異常に太ります。

身だしなみもできずにみにくい恰好の私を、主人は撮るのです。

そういう見映えのしない写真など、私としては貼ってほしくないものまで貼っていました。

それを見て、この人は、深い人間愛に富んだ人だと思いました。

価値観がほかの人とはちょっと違う、独特の人格の持ち主だと思いました。

アメリカ人カメラマンで、来日して水俣の写真を撮り続けていた人の話を、Eテレで観ました。すぐれたカメラマンに贈られるロバート・キャパ賞を受賞した人でもあります。

その人が言っていた言葉に、「写真は時には、ものを言う」というのがあります。

この言葉の意味を考えた時に、きれいに着飾ることが美しいのではない。今の私の、

1997年12月13日　愛猫チビと一緒の夫

このうつ状態の自信のない、希望のない顔を、姿を、その苦悩のさまを撮ったのかなあと……。

今にしてみれば、そんな気持ちで夫は撮ったのではないかと思ったのです。

夫は猫が好きで、結婚したばかりの頃に、茶色の毛の迷い猫を拾ってきたのを皮切りに、夫が亡くなるまでに三匹を飼いました。

猫の写真は、白黒だったり、カラーだったりと、数多く残っています。

猫の写真の個展をやったらなどと、妹と二人で言ったこともありました。

最後に飼った猫は、真っ白な毛の猫でした。

十六年間生きてくれました。

その猫は、夫にしかなつきませんでした。私はカリカリ（猫のえさ）をもらう人と決めているみたいに、あまりなつかなかったです。

妹が遊びにきても、すぐに天井に届くような本棚の上に飛び乗り、帰るまで下りてきませんでした。

夫が心筋梗塞で一週間ほど入院したことがありました。

その時、カリカリも食べずにトイレにも行かず、ひと晩中泣かれて参りました。

晩年は夫も病気がちになりました。

猫も年を取って、年齢的に人間の年にすると、ちょうど夫と変わらない年になっていました。

夫は、本を読みながらベッドに臥せることが多くなりました。

部屋に行く時に「チビ（猫の名前）向こうに行くぞ」と言うと、嬉しそうに走ってついていき、夫の横で何時間も寝ていたことを思いだします。

夫が、まだバリバリ仕事をしていた頃は、夫の車の音がすると我先にと玄関に迎えに走りました。

私より遅く玄関についても、夫が玄関を開けた時には一番に来たと言わんばかりに、私の前に座っていました。

このような猫でしたから、それはもうかわいくてしようがなかったと思います。

帰宅した夫は、家に上がらずに抱っこして、二、三十分くらい家の周りなどを散歩に連れだすことが日課でした。

夫が亡くなってから、付き合いのない近所の人から、猫はどうしたのと聞かれます。

一人と一匹の猫のコンビが印象にあったのでしょう。

その猫も、夫の亡くなる二年前に亡くなり、かわいそうな思いをさせずによかったです。

夫が亡くなってから、近所の人や友達などが、「最初引っ越してきた時に、牧師さんかと思った」とか、「小野ちゃんは、神さまだよ」とかと言ってくれました。

そのように感じてくれていたのかと、最高に嬉しいことでした。


夫が、亡くなって三年が経ちました。

私も、自分がよくぞ入院せずに今まで来たと思います。

伴侶が亡くなるということは、親が亡くなる次に、いや一番悲しいことかもしれません。

夫は亡くなりましたが、不思議と孤独ではありませんでした。

妹とか友達は、「孤独ではないということは、すごいことだよ」と言います。

今年は、孤独がテーマの本が何冊か出て、話題になりました。

イギリスでは、孤独省というものもできたとのこと。

たしかに、孤独ということばは、いろんなマイナス面のことを連想させます。

この本を書き出してから八ヶ月が経ちました。

書こうと思ったのは、普段は自信がないのに軽躁状態だったからではないかと、最近思います。


話は変わりますが、発病の原因について、父が函館に女性と一緒に行っていたことが発覚したことによる、と書きました。

本当の根源的な部分を書こうかどうかと迷っていました。

この本を書くにあたって妹と話し、「根源的な部分を書かなければ、ちゃんと伝わらないよ」とアドバイスをもらい、書こうと思いました。

先に、「マーケット」の話をしました。

マーケットは父と母で始めましたが、やがて忙しくなり、母の妹に秋田から手伝いに来てもらっていました。叔母は母より十二歳下でした。

その頃父は、盲腸の手術の経過が思わしくなく、店を休んでいました。

となり町のマーケットにある店は、朝まで営業していました。

朝五時頃、母は疲れて帰ってきます。私と妹は駅まで毎日迎えに行っていました。

私達姉妹は、その叔母と三人で寝ていました。私は小学三年生でした。

ある夜、トイレに行く時に、叔母がいつもの場所に寝ておらず、隣の部屋に父と並んで寝ていました。

変だなあと、子供なりに違和感を覚えました。

朝ごはんの時に、大っぴらに言えない気がして、母の耳元に小さな声でそのことを話しました。その時、母は、顔色ひとつ変えなかったのです。

だんだんと年を重ねるうちに、意味がわかりました。

今振り返って、母の心中はいかばかりだったかと思うと、心が痛みました。

何年間も、父と叔母の関係は続いていたのです。その関係を断ち切ったのは、私達の叔父でした。母の弟で、叔母の兄でした。

母はどれだけ苦労したかわかりません。

それを見てきていたので、父をずっと憎んでいました。

決定的に、父を信頼できなくなったのは、そういう経緯があったのです。

私が発病した時に、医者に子供の頃の事柄を話したところ、原因はそこから始まっているると、母に言ったそうです。


今年になって、軽躁の重い時のことです。

自分にとっては（腑に落ちない、小さなことかもしれない）気になることがずっと溜まっていました。何人かの方に電話をかけて、感情が爆発してしまいました。

原因があったとはいえ、本当に申し訳ないことをしてしまったと、落ち着いてから思うのです。

恥ずかしくなり、自己嫌悪に陥ります。

謝りましたところ、その人達は、温かい言葉で許してくれました。

ですけれども、びっくりしたのでしょう。

「恐かった」と、何回もおっしゃっていました。

双極性の人に会った経験がない人は、恐くて当然だと思います。

本人は、その恐さの度合いがわかりません。入院するほどではないぐらいの時は、あとで鎮まると、話した内容はだいたいわかります。申し訳ないという気持ちになるのです。

何十年も姉妹として付き合ってきても、妹もいまだに躁になった時が恐いと言います。

ですので、他人ならば、恐いというのも不思議ではありません。

以前は、軽躁時に、多幸感がありました。

世の中の、見るもの、聞くものが、楽しく、きらきら輝いて見えてウキウキしてきます。

そして、知らない人にも声をかけ、袖振り合うも多生の縁とばかりに話しかけたりしました。

タクシーの運転手さんに目的地に着くまで、話しかけ続けたりもしました。

そして、代金が何千円もするようなところでも、五、六百円のおつりを受け取らなかったりもしました。そもそも、通常は何千円もするところを、タクシーなど使いません。おつりを受け取らないなんて、私の生活状態からは考えられないことです。

ほかの当事者の中には、何百万円とかの買い物をする人が結構いるそうです。

これも双極性のひとつの特長です。私はそういう大金を使ったことはありません。今の時代は、クレジットカードを使うという話も聞きました。なんと、マンションなどを購入してしまった人がいるとも聞きました。

夫は私と結婚をして、双極性障がいについてくわしく知ったのです。

振り返ってみると、病気に直面した時点での姿勢が、多くの人達とは違うということに気づきました。

普通の感覚だったら、別れれば済むことです。それなのに四十年間幸福に暮らせたのは、私にだけではなく、物の見方、考え方などがゆるぎのない性格、偏見のない人だったからだと思います。

今、妹は苦労しています。

私との接し方をどうしていいかわからないと、心をくだいています。

思いあまった妹は、いいドクターに出会って、カウンセリングの予約をしたとのことです。

そういう苦労を「小野ちゃん（夫）がやっていたんだよ」と私が言うと、妹も「本当にそうだ」と言っていました。

夫が四十年間も私にしてくれたことを、当たり前と思ってはいけないでしょう。私と直接かかわりを持つことにより、妹にも夫のすばらしさがようやくわかってもらえたと思います。私も本当に嬉しいです。

もちろん、普通の人達の結婚生活と同じように、けんかもしました。両手に重い荷物を持って、「別れる」と家を出て、妹のところに逃げこんだりもしました。大方、私がしかけていたなあと、今は思います。

そして、夫は転職も何回かしました。経済的には恵まれていませんでしたが、心豊かな生活を送れたと思っています。

夫が亡くなってからのことですが、妹は「姉ちゃんと小野ちゃんは、価値観やものの考え方などが一致していたものね」と言っていました。

2005年　新年会にて

チャレンジ精神旺盛な人でもありました。

夫が七十歳過ぎてから、福祉関係の会社に勤めました。

夫は、早速、第一回目の東京商工会議所の「福祉住環境コーディネーター検定」の二級を習得しました。

この検定の内容は、東京商工会議所によると、「わが国は、急速に高齢化が進み福祉住環境整備が急務の課題となっています。福祉住環境コーディネーターとは、保健、医療、福祉、介護、建築、福祉機器、福祉用具、行政施策や福祉制度に関する知識を身につけ、サービスや制度の活用、住宅に関するさまざまな問題点やニーズを発見し、各専門職と連携をとりながら具体的な事例に適切に対処できる専門的人材と定義されています」とのことです。

その頃会社は、福祉関係のＮＰＯ法人を作っていました。

ＮＰＯを立ち上げる時も、夫が一切の書類作成、役所への届けなどを行いました。

よく、夕飯の時などに会社での出来事を話してくれました。

私も意見を言ったり、仕事の話だけでなくいろんな話をして楽しい時間でした。

時にはあと片づけもせずに、気づいたら何時間も経っていることもありました。

夫の話を聞いて、「小野ちゃんは社長のブレーンだよね」と心で思っていました。

経済的には恵まれていませんでしたが、毎日いきいきと仕事をしていました。

結局七十代後半からは、毎日は会社に出ませんでしたが、八十一歳過ぎまで仕事にたずさわっていました。

会社内で問題があると、社長から呼びだされて相談にのっていました。


夫が亡くなる前の二〇一〇年、二〇一二年と私はまた入院しました。

その時書かれた夫のメモを転記します。

どのような状態で私の病気が再発するのか、その一端がわかります。

〇九、三月十五日(日)

満代に

つぎつぎと仕事を作って、忙しく忙しく、かりたてています。自分をコントロールできなくなってきているようです。

自覚していないようですが、今、非常に危険な状態で、前回入院した時の爆発する前によく似ています。

いまだったらおさえることが出来るのではないかと思います。

タカオ

「前回爆発する前によく似ています」の内容は、家の周りを走り回り、夫が大事にしているカメラを何個も窓から捨てたり、あげくに、夜にはお隣さんの家に無断で入ったりしました。

土曜日か日曜日で休みだったので、夫は車で私のあとをつけていたそうです。

これらのことは、退院してから聞きました。

夫はどうすることもできずに、困り果てて警察を呼び、措置入院しました。

病院に着くと主治医が待っていて、即、注射を打たれました。

それからあとは、何もわかりませんでした。睡眠薬を打たれたのでしょう。

丸一日だったのか、何日目だったのか、目が開いた時には保護室の中で手足を拘束されていました。

初めての経験でした。

退院してから、夫に何日間拘束されていたか聞けませんでした。嫌で触れたくもないからです。

自分のしたことは、全部ではないにしろ、普通に戻ると憶えています。

それはなんとも形容のしがたい嫌な気持ちで、触れてほしくないのです。

夫は病気に対しての理解者であると同時に、思いやりのある人でしたから、もちろん何も言いませんでした。

正義感の強い人でしたから、医者にくわしい拘束のことや、何日間拘束されていたのかを聞いているはずです。

私は、措置入院の時は、即、保護室に入れられます。前に入れられたひどい経験を常にトラウマとして持っているので、いつも、すんなり入院できませんでした。

そんな私を入院させるために、夫は苦労し続けたのです。

でも二〇一〇年、二〇一二年には、夫と相談して入院することができました。

入院する前年の二〇〇九年、二月に大腸の穿孔（せんこう）で入院しました。

夕方突然、お腹が痛くなり、救急診療所しか開いていない時間帯だったので、夫につれて行ってもらいました。

病名はわからず、「朝になったら専門病院に行きなさい」と言われました。

そして、点滴を一本打ったら、いくらか楽になりました。

自宅に帰ったらまた痛みだし、救急車を呼ぶより早いと、夫の車で総合病院に行きました。

すぐに、手術をしなければならないと言われました。

宿便が大腸を破って穴が開いたそうです。びっくりしました。

薬を長年服用しているので便秘がちではありました。便通がどれほど大事かということを思い知らされました。

腸を二十三センチ切除しました。

集中治療室に、九日間入っていました。

排泄などの管をいっぱいつけなければなりませんでした。口の中にも入れられていて、外すといけないので手を拘束したいと医者から言われたそうです。

その時に夫は、私が精神科で拘束された時のことを思い出すので、やめてほしいと断ったと、あとで妹から聞きました。

その話を聞いた時に、そこまで私のことを思っていてくれることに、涙が止まりませんでした。

結局、ミトンのような手袋をはめることになり、ティッシュを取ることさえできずに、いちいち看護師さんを呼びました。

何しろ何もできないのですが、何かしてもらいたい時に看護師さんがいなくて、本当に苦労しました。

夫は会社を休み、毎日見舞いに来て、ベッドの横に本を読みながらつきそっていました。

妹も、夫と違う時間帯に来ていました。峠を越えるまで、二人で来てくれました。

その時初めて、夜、妄想を見ました。今でもその内容をありありと憶えています。

双極性障がいでは、妄想、幻聴はないと言われています。

ですが、私の場合、その時の薬が強かったのか、原因はわかりませんが、幻聴がありました。

そしてようやく九日目に、一般病棟に移ることになりました。

全部管を抜く時に「人工肛門をつけました」と聞かされました。

ショックで、「いやー先生」と言ったら、「命とどちらが大事かどうかでしょう」と言われました。

命を助けてくれたんだとすぐに思い、「先生ありがとう」と言いました。

今までを振り返ると、私は不幸中の幸いが多かったのです。

この時もそうでした。

人工肛門は半年後に取り外すことができるということで、本当に安心しました。

その半年間は、二、三日おきにストマー（人工肛門）を取り替えなければなりません。

私は、手先が不器用なので、なかなか袋が肌になじまず苦労しました。

これを一生続けなければならなかったらと思うと、ぞっとしました。

こんなことを言ったら、実際に苦労している人に申し訳ありません。

でも、実際に装着している人は、どれだけ大変なことだろうと思いました。


いよいよ半年後にストマーを取り外す手術をすることになりました。

手術前の検査で、不整脈があるのでペースメーカーを挿入しなければ手術はできないということで、挿入の手術をしてから人工肛門を外す手術をしました。

九日間集中治療室にいてそのあとリハビリをした時もそうでしたが、歩くためのリハビリは大変でした。

まず、立ち上がること自体が大変なのです。点滴の棒を使って訓練をしました。

三日間ぐらいで棒を使わなくてもいいようになりました。

あとは、ナースステーションの周りとか、自分の病室の階をぐるぐると歩いていました。

二回の入院で、体重が四十二、三キロに落ちました。

退院して帰ってきたら、夫が私の姿を見て「こんなにやせちゃって」と言ったのが印象的でした。

翌年の元旦に、厄払いのつもりで鎌倉の瑞泉寺にお参りに行きました。

このお寺は、水仙の咲く頃に、よく行ったところです。

あの清々しい元旦の空気は、前年の苦しい日を思うと、感慨無量でした。

お参りのあと食事をするため、海辺のお店に入りました。

そこのお店からは富士山が見えました。晴れた日だったので、くっきりときれいな富士山でした。

富士山を見ると、なぜか手を合わせたくなります。

夫は、私と富士山の写真を何枚も撮っていました。

一段落したのも束の間、また五月に、今度は腹壁ヘルニアになり二ヶ月ほど入院しました。

夫が生きている時の最後の精神科入院は、二〇一四年でした。その時は任意入院でした。

なぜなら、夫が胃ガンの手術を受けるのですが、軽躁になっている私を心配しているので、みずから入院することにしたのです。

暑い七月のことでした。入院手続きを家族がしなければなりません。

暑い中、夫は病棟と事務所の坂を行ったり来たりしながら、手続きをしてくれました。

若ければともかく、その時は八十三歳でした。心筋梗塞になったこともあり心臓も悪かったのです。

最後の最後まで、私の病気と付き合ってくれた生涯と言っても過言ではなかったのです。

夫は夢のある人で、豊かな気持ちを持っている人でした。

二〇一〇年か二〇一二年の退院してきた時のことです。しばらく気づかなかったのですが、テレビの台の上の脇にさりげなく、小さな、小さな花籠が置いてありました。二ヶ月も入院して、大変な思いをしていただろうに、喜びの表現を表してくれたのだと感動しました。忘れられないことのひとつです。

なんてやさしい人なのだろうと、いつまでも心の中に残っております。

また、人を喜ばせることが好きな人でした。

母が健在の時は、暖かい時期は北海道に、寒い時期は横浜にと、行ったり来たりしていました。

その時や、ほかにもドライブなど出かける時は、いつも一緒に行きました。

夫は必ずカメラを持参するので、私と母の二人の写真がたくさん残っています。

ある夏の日曜日、朝早く起きたので、鎌倉の八幡宮に蓮を見に行ったこともありました。

蓮は午前中しか咲かないので、この時の写真も残っており飾っています。

夫はいつも写す側なので夫の写真はあまりなく、よその人が写してくれたものばかりです。


ここからは、妹の話を書きます。

北海道の母の店は、店じまいしました。そして、妹のアトリエに改装しました。

この北海道と横浜の二ヶ所でお弟子さんをとり、染織を教えていました。

妹が北海道やインドに行っている間、妹の夫は会社帰りに私の家に夕食を食べに来ていました。

私も普通の時は料理が好きで、献立ノートを夫が亡くなるまでつけていました。

新しいレシピに挑戦したりもしました。

まだうつから脱却しない時は、献立を考えるのが結構大変でした。

妹の夫は帰りが遅く、九時十時に来ても、夫は嫌味ひとつ言いませんでした。私も妹のためと思って作っていました。

その頃妹は、北海道、横浜の両方で毎年一回ずつ個展を開催していました。

北海道での初めての個展の時は、ＮＨＫの室蘭放送局からの取材を受け、七時の地方版のニュースで流れました。そして、新聞社からも取材を受け、記事にもなりました。

そういう活躍の中、ある日突然、妹は夫から離婚宣告を受けました。

妹は精神的にどん底に落ちながらも頑張って、翌年にはこれまでの中で一番大きな個展を開催しました。

私から見ると、理解のあるやさしい夫で、妹達は仲のいい夫婦だったと思っていました。

私達夫婦とも仲よく、四人でよくドライブしたり、彼の実家にも行ったりしました。

離婚を切り出された時の妹の様子は、今も憶えています。

私達二人はアトリエで織機に向かっていました。

皮肉にも、五輪真弓の「恋人よ」という歌がヒットした時代で、ラジオからよく流れていました。妹はいつも明るくて、二人でおしゃべりしながら仕事をしていました。

その日は元気もなく無口で、どうしたのかと気になっていました。

妹が母に話した時に、「一人で悩んでいないで、満代に話しなさい。いくらか楽になるから」と言ったそうで相談してきました。

妹は、私に言うと心配して、精神的によくないと思っていたのです。

妹達夫婦の結婚生活は、七年で終止符が打たれました。

その時、自分の夫のことを考え、自分は幸せだなあとつくづく思いました。

妹は、その後現在まで、独身を通しています。

それ以来、母が妹のマネージャー的存在になりました。

一人になって生活をすることは、大変なことです。

もちろん織物の個展は続けるわけですが、夫がいての活動であって、一人で生活するのは大変でした。

そこで、母はアイデアウーマンでしたから妹と相談し、従来の織物だけではなく、織りあげた生地を使った作品を考えました。

織り上げた生地で洋服を仕立てたり、バッグ、ポシェット、小物など作ったり、多種多様でした。

そして従来のタペストリー、テーブルセンターなども北海道と横浜での展覧会で毎回、完売していました。

それは、やはり母のマネージメントのおかげでもありました。

私もその頃は、だいぶ織れるようになっていました。メロンパン一個買って通っていた時代から二年ほど経っていました。

妹がデザイン（染めの段階から）したのを使って、私が夫のジャケット生地を織り上げました。

そして、仕立屋さんに頼み仕上げました。

夫は亡くなるまで、冬に、ちょっとしたところに出かける時には愛用していました。

本当に織物は何十年経っても色あせることはないんだと思います。

何にしても、人の手によりできあがったものは、やはりいいものだなあと感じます。

私は、織物の作業をしている時が一番穏やかな気持ちになれました。これも、妹のおかげです。

六十九歳で亡くなるまで、母は妹にとってよき相談相手であり、心のよりどころでもありました。


母の思い出を少し綴りたいと思います。

私達の子供時代のことを振り返ると、母は独特の感性を持っていたと思います。暮らしを豊かにすること、お金をかけるということではなく、普通の生活をていねいにするということを心がけていたようです。美的感覚もとても優れていました。

まだ両親が仲よく、家を建て商売をするという目標に向かっていた頃です。

満州から引き揚げて来て、まだ二、三年の頃のことです。

世の中は、まだまだ不安定で混沌としていた時代なのに、ひな祭りには、たて、横、高さが三十センチほどの陶器でできている、小さなかわいいおひなさまを飾ってくれました。

仕事の帰りにでも買ってきてくれたのでしょう。情緒豊かな人でした。

また、クリスマスというものを私達がはっきり知らなかった時に、朝起きたら枕元にプレゼントが置いてありました。

そのうちのひと品（しな）が、私達一人一人に、北海道の名産品であるホッキ貝に味つけして一人一人小皿に入れたものでした。その当時のことですから、精いっぱいのプレゼントだったのでしょう。

今でも、その味が忘れられません。

現在でも高価で高級な貝です。

当時の住まいは、終戦直後ですから、大きい家のひと部屋にひと家族が住んでいて、なん家族も入っているアパートでした。

誕生日のプレゼントを交換するようなことでさえ、なかなかできない時代でした。

そんな中でも、いかに生活を楽しいものにするかを考えていた人でした。

母のすることは、最先端の考えと、私達に対する深い愛情が感じられました。

母は、私の夫と同じで、人を喜ばせることが大好きな人でした。

自分も手紙をもらうと嬉しいからと、母からのハガキや手紙が毎日アトリエに届きました。

ある時何気なく窓の外を見たら、母のハガキを読みながら、郵便配達の人が届けに来ました。きっといつも見ていたのだと思います。

あとでわかったことですが、私達と同じ室蘭出身の人でした。

ハガキの中身を読むのは、仕事上はよくないことですが、もう時効として書きます。郵便配達の方が読みたくなるほど、母の文章が面白かったのだと思います。

暮らしをていねいにと考えていたのはたしかで、店を経営していた時に、住み込みで何人か女の人達が働いていました。

その人達の教育として、布団の押し入れへのしまい方などから始まって、整理整頓の仕方などを徹底的に指導していました。

子供の頃でしたから、そんなにきびしくしなくてもと思って見ていました。

でも、母から教育された何人もの人達が、その後幸せな結婚生活を送っています。

よく有名な演劇の塾などでも、朝早くから集まり稽古の前から掃除を始めると聞いています。すでに稽古は、掃除から始まっているのだなあと思います。

生活の基盤である居場所をきれいにすることは、物事の始まりにとっても大事なことなのでしょう。

母のことを思い出すと、店を経営していた頃は、お客様から、豪快なママと言われていました。

そんな母は花がとっても好きでした。

ある時、本か何かで読み、「花泥棒は、泥棒でないんだって」と母に話したことがありました。それを聞いたのをいいことに、よそさまの垣根から出ているかわいい花を頂いてきては、生けていました。

子供のような、乙女チックな一面も持っていました。

また、私達がマイナスなことを言うと、「世の中には、解決できないことはない」と勇気が出る言葉を言っていました。

その場面、場面で、適切な言葉で、私達をプラスの方向に向かわせてくれました。

母も父も一緒に戦争をくぐり抜けました。

その後、父と別れ（籍は入っている）どん底の生活を経験し、子供を一人で育ててきた土性骨のすわっている母です。

そういう母だからこそ、語録みたいな言葉が次々と出てきたのでしょう。

母をすごいなあと思ったことは、父のことを「戦争病だ」と言ったことです。

戦争で、誰しもが苦労したのは、当たり前です。その中から皆立ち上がり、頑張ってきました。

ですが、戦争によって精神的にも影響を受け、価値観が変わった人も多かったでしょう。

父は経済的には、そこそこ人並みに築き上げました。それ以上だったかもしれません。

もともと満州に渡ったのも、自分達が豊かな生活ができるようにということだったわけです。

それが残念なことに戦争というものに覆され、人も何もかも信じられなくなったのだと、母は思っているようでした。

母が、父の正義感、中国人に対する態度など、いい面をたくさん知っていたからこその言葉だったのです。

2003年　妹とアメリカ・サンディエゴにて　夕日を見に

戦争というものは、いろんな形で人を変えていくものだったのです。

そういう境遇を恨むということもなく、本当に寛容の精神を持っている人だなあと、我が母ながらすごい人でした。

亡くなるだいぶ前から、母はつねづね娘達に財産は残せないけれども、子供達の心の中に生き続けていたいと言っていました。

そのとおり、見事に私達二人の心の中に、今も生き続けています。

妹は特に、「あの時、母さんは、ああ言っていたよね」と話がよく出ます。

周りの私達の子供ぐらいの人達にも、母のことを折りにふれ話して聞かせています。

母は、「満代のことは、小野がついているから安心だけど、美穂子のことが心配だ」と言っていました。

三十一年前になりますが、妹がモダンアート展に入選しました。

四月でしたが、母と妹と私達とお弟子さんとで東京都立美術館に観に行きました。

その次の日、母は横浜のアトリエのトイレで、亡くなっていました。

妹は美容室に行っていて、帰ってきたのが五時半過ぎでした。

私は自宅にも織機があったので、曜日を分けて、アトリエと交互に仕事をしていました。

その日はアトリエに出る日ではなかったのですが、お昼のお弁当を持って行きました。

母は血圧が高いうえに、肥満でした。

その日も午前中病院に行って、血圧は正常だったと言って、喜んでいました。

私が作って持っていったお弁当を三人で食べて、私は自宅に帰りました。

妹が美容室に行っている三時間ほどの間に何回も電話をくれてたわいのない話をし、最後の電話が五時二十分でした。

妹からそのあとすぐに、「母さん知らない？　いないんだけど」と電話がかかってきました。

トイレの小窓から明りが見えたのですが、ドアがなかなか開きませんでした。

さいわいなことに、向かいの家に大工さんが仕事で来ていて、開けてもらいました。

すぐに、救急車を呼び病院に連れていきました。

心不全か何かだったのでしょうか、そのまま亡くなりました。

暖かくなってきたので、そろそろ北海道に帰ると言っていた矢先でした。

たぶん、妹の展覧会を観て、これでなんとか一人でもやっていけるのではと、安心したのではないかと思います。

横浜でのお葬式は、四月七日でした。

その年の桜の開花が遅かったので、斎場に向かう霊柩車の上に、桜の花びらが舞いおりる、暖かいおだやかな日でした。

花の大好きだった母にふさわしい、旅立ちでした。

その後、妹と私達夫婦で、室蘭で告別式を行いました。

たくさんの人達に来ていただき、母も喜んでいたことと思います。

私達にとっては、本当に短い六十九歳の人生でした。

お疲れさまでした。ありがとうの気持ちでいっぱいです。

室蘭のアトリエを閉じるため、一ヶ月ぐらい二人で整理しました。

この一ヶ月ぐらいの間、毎日ワンカップを買ってきて、一本ずつ二人で飲んでいました。二人ともお酒を飲む習慣はないのですが……。

寂寥感にとりつかれていたのです。

妹は特に、将来のことを考えたりすると、暗澹たるものがあったろうと思います。

月日が経つのは早く、夫との生活も四十年になろうとしていました。

私が最後に任意入院したのは、二〇一四年七月末でした。

前にも書きましたが、夫は私の入院を見届けてから、八月に横浜市大で胃ガンの手術をしました。

手術の日には外出許可をとり、私も病院にかけつけました。

私が入院する前に、高齢でもあるし、できることなら手術をさけたいと二人で話し合っていました。

しかし、夫がどうしてもやりたいことがあり、それにはあと二年半は生きないと達成できないと、言うのです。

それがなんなのかは、亡くなってからいろいろ整理をしましたが、わからずじまいです。

医者に相談したところ、手術をすすめられました。手術のほうが、そのぐらいまでなら生きられるということで、手術にふみきりました。

退院は、私より先の八月末でした。私は、九月半ばに退院しました。

退院までは、一週間に三日ほど、食事の支度に帰っていました。

胃ガンですので、食事の作り方が面倒でした。

食材は、一ヶ月目まではこの食材はＯＫ、三ヶ月目から何々を追加してもいいなどと病院からの指導がありました。

食材のきざみ方ひとつにも、注意せねばなりませんでした。一度、食材の切り方がちょっと大きくて吐いてしまいました。

夫の晩年は、病気の問屋のようでした。

糖尿病はじめ、心臓（心筋梗塞二回）、前立腺肥大と大変でした。

常に薬の整理に追われ、一時間以上もかかっていました。

私が手伝ってやりたくても、間違うと困るからと、自分でしていました。

夫の病気の原因を作ったのは、私が心配ばかりかけていたからではと、つくづく思いました。すべての病いは、ストレスからとも言いますから。

私が大腸穿孔の手術をした年に、夫が糖尿病になりました。医師からは、ストレスが原因と言われました。私が入院中だったので外食が多かったせいもあります。

私もいくらかでも夫の力になりたいと、カロリー計算をして料理を作っていました。

亡くなる最後の入院まで塩分計算もやりました。

私は二〇〇九年に腹壁ヘルニアになった時に、人工メッシュというものを入れていました。

夫が亡くなる前年の年末に、そのメッシュが化膿しだして、放っておくと菌が全身に回り敗血症になるとのことで、年があけたら手術することになりました。

二ヶ月ちょっと入院して、退院したのが三月十五日でした。

退院して約半月後の四月二日に、二人で外来に行きました。

その五日前の検査の結果夫は、「余命三ヶ月」と言われました。

その時は本当にショックで、診察室の中で涙が止まりませんでした。

本人の前で、なんの抑揚もなく平然と告知する医者の無神経さには、驚かされました。

今の時代は、ガンは告知するということは聞いてはいました。でも、人間としてのいたわりのある言葉というものがほしかったです。

まして、医者のほうから手術をすすめていたのにもかかわらず、です。

ほかにも、「すぐ今日から、在宅医療にするようにとか、死ぬ一週間前ぐらいからトイレに行けなくなるので、ポータブルトイレにするように」とも言われました。

こちらも考えに考えて二年半は生きられるとのことだったので手術をしたのに、そんなことは忘れていたのでしょう。カルテには書いてあるはずだと思います。いや、医者にとっては重要ではないから書いていないのではと、疑いたくなりました。

言葉の本当の力は、言葉で傷ついても言葉でいやされる、と言います。

少しでも思いやりのある態度を示してほしいと、本当に思いました。

夫がかわいそうで仕方がなかったです。

余命三ヶ月ということは、もう、目の前に死が待っているということです。

本当に医師という人間は傲慢な人が多いことかと、つくづく思います。

もちろん、患者のことを考え、親身になってくれるお医者さまもいます。

帰りのモノレールのホームで電車を待っている間、二人ともひと言も口を開きませんでした。夫はどういう思いでいるかと察すると、私は言葉が出ませんでした。

帰宅して、早速、在宅の緩和ケアクリニックと訪問看護の手配をしました。

緩和ケアクリニックですから、痛み止めの薬を投与するだけです。

私達は、健康な時に死について話し合っていました。

ガンの告知を受けても延命治療はしない、亡くなった時は、散骨にしようと決めていました。

毎日、入れ代わり立ち代わり、医者が来ます。

痛みのひどい時には連絡して、すぐ来てくれる態勢になっていました。

だんだんと、衰弱し食欲もなくなり、痛みの回数が増え、一日に二回も三回も医者に来てもらうことが多くなりました。

そういう痛みをこらえながら、重病人なのに毎日朝起きると洗顔をして、洋服に着替え、身だしなみを整えていました。

それから、ベッドで横になり本を読んだり、クラッシック音楽を（ＣＤが七、八百枚くらいありました）聞いたりしていました。

もちろん、車の運転は止められていました。それでも乗りたくて、私と妹が「あぶないからやめて」と言っても、三、四回は乗ったでしょうか。

歩くのも当然疲れるでしょうが、残り少ない人生のＱＯＬ（Quality of Life）を高めたかったのだと思います。

そして自転車を買いました。

帰宅途中の最寄りのバス停から歩いて四、五分のところに、ちょっとした坂があります。

短いですが、急な坂なのです。

ある時、私が買い物帰りにその坂まで来ましたら、坂の途中の真ん中あたりで自転車を支えながら塀にもたれて休んでいました。

私が「プランターに花を植えよう」と話していたのを心にとめていたのでしょう。自転車のかごの中に、園芸用の土の入った袋が入っていました。

昭和ひと桁生まれの男性はシャイだと言いますが、夫もそうでした。無言実行の人でした。

私が欲しいと言っていたものとか、何々をしなきゃとか言っていたことを、だまってしてくれる人でした。

その時も、体がつらい中、自転車だから大丈夫と思ったのでしょう。

結局、その土を使えずに入院することになりました。土は倉庫の上に置いたままで、亡くなってからも、一年以上もそのままにしていました。

その土を使い、何かの花を植えようという気にはなりませんでした。

よく私が、「夫は植える人、私は花を切る人」と冗談を言って、二人で笑っていたことが思い出されます。

五月に入って痛みが強くなり、モルヒネを服用することが多くなりました。

とうとう、最後の緊急入院をする日がきました。

前日、比較的調子がよかったらしく、「夕食前にお風呂に入る」と言って、お風呂に入りました。

上がると、もう寝るだけだからパジャマを着ると思っていました。でも、ちゃんと洋服を着て夕食を食べだして、ふた口ぐらい食べた時に、それこそ七転八倒の痛みが始まりました。

横になっても、起きても痛がり、食卓の横で大変でした。

すぐクリニックに連絡して、医師に来てもらいました。それでも痛みはおさまらず、翌日の午前中までに三人の医師に来てもらいました。点滴を打ってもらってもだめでした。

次の日は、あいにく日曜日でした。

夜中に来てくれた医師は、「もう腹膜に転移している」とのことでした。

最後の午前中に来てくださった医師は、「緊急入院しなければならない」と、病院の手配をしてくれました。ですが日曜日なので、どこの病院も受け入れてくれませんでした。

ところが、運よく、手術した市大病院のベッドが二つ空いているとのことでした。

「行く前に、緊急の患者さんが入院してくる可能性がある。そうするとベッドがふさがるので、すぐに準備をして病院に行きなさい」とアドバイスされました。

私は、大急ぎでテキパキと当面必要なものを用意して、三十分かかる病院にタクシーで向かいました。

この入院で二度と家には帰れませんでした。

その日は二〇一五年五月二十二日でした。

大学病院なので、亡くなるまでの長期入院はできないとのことです。転院先の病院を二、三ヶ所、担当の看護師から紹介されました。

幸いかどうかわかりませんが、その病院には六月末まで入院できました。

大学病院の紹介で不本意ながら、七月一日に自宅の近くの病院に転院しました。

余命三ヶ月と言われた、その三ヶ月後の七月二日が迫っていました。

転院した時点から、もうこれという話はできませんでした。

食事はアイスクリームだけで、それも三分の一ぐらいしか食べられませんでした。

大学病院にいた一ヶ月半の間は、私達が会いに行くとまだ会話ができる日もありました。

そんな中、ベッドに寝ながら、妹に「美穂子ちゃん、面白い人生だったよ」と言いました。思わず涙が止まりませんでした。

今、こう書いていても、涙が溢れてきます。

毎日妹とか、私だけということはなく、見舞いに行っていました。

夫は七月二十五日に、天に召されました。

自分を見送る時には、一番好きなモーツァルトとブルックナーをかけてほしいと言っていました。そして、般若心経を流してほしいとのことでした。

火葬場に来てくださった方達と食事をしながら、それらの音楽を流しました。

臨終の時、妹は仕事で東京に行っていました。私一人で十一時頃に病院に行きました。

夫は昏昏と眠っておりました。

院長から、今日、明日かもしれない。今はお花畑の中にいる状態と言われました。その時、「貴女の決断は、すばらしいですよ」と言われました。そして、例を挙げて、決断によってはあとで苦労することもあるとおっしゃっていました。決断とは、延命治療をするということで、夫と二人で話し合っていたことを実行に移しただけです。

医者に告げられたばかりの午後二時すぎに、息を引きとりました。亡くなる日は、ひと言も話さずじまいでした。

私一人で見送ったので淋しい旅立ちだと思いましたが、私が淋しかったのだと思います。

個人病院ですので、霊安室がありませんでした。即、葬儀屋さんを呼ぶようにと言われ、別れを惜しむ間もなく運ばれていきました。

一人で帰る時に、二人の看護師さんが見送ってくれて、「どこに帰るの」と聞かれ「家に帰るよ」と言いました。

たぶん、一人でかわいそうだなあと思ったのでしょう。

たしかに一人で看取ったことは淋しいことでしたが、あとで思うとそれでよかったと思っています。

一人になってもう三年も経ち、今年小さいアパートに引っ越しをしました。

引っ越しの整理をしていた時に、日記帳が見つかりました。

二〇一五．六．二九記のその中の一文に、

『一生懸命生きた。

そして、満代は「大丈夫やっていけるのか」

「生か死の死生観の中を」歩いているのです。苦しんで死にたくないとは、この様子の中で自然にいけるってことですか。

寿命七月二日で三ヶ月です。これも楽しいことかもしれません。』

そのあと、何行かをあけて、赤ペンで、

『満代に現状を聞く、全て銭フ（財布の誤字だと思います）の中身を、支払いの見通し』

この二つの文章は赤ペンで丸で囲っていました。

最低の年金で、慎ましく生活している私達ですので、それが心配だったのでしょう。そういうことを心配していたとはわからず、「あとのことは、心配いらないよ」とちゃんと言っておけばよかったと、悔やまれます。

私が、すべて経済面を担っておりましたので、現在の状況がわからずに心配していたのでしょう。

借金は一銭もありません。

私は、慎ましく暮らせば、なんとかやっていけます。何より心強い妹がいますので……。

妹は「姉ちゃん、何も心配いらないからね」といつも言ってくれます。

日記の最後の最後は、「予定、再建。いくら金がいるのか？（お葬式代のことだと思います）それと、家に帰れる体か？」で終わっていました。

心に残っていることがあります。

タクシーで転院先の病院に行く途中に、私達の家の近くを通ります。その時、ほんの数分でも家に寄ればよかったと、今でも悔んでいます。

日記の中にこういうことも書かれていました。

「私、妹、他の人にゆだねると思わなかった」と。

ひと言、家に少しでも寄りたいと、転院する前に言ってくれていたらと思います。

それが言えなかったのは、自分の意見を言わないことが、私達にすべてを「ゆだねる」ことだったのだと思いました。

私がそれに気づけなかった。バカさ加減を痛切に感じます。

死ぬまで、私のことを心配していてくれたのです。

本当の無償の愛を私に与えてくれたのだと、感謝にたえません。


四十代後半からのことは、紙数の関係上あまり書けませんが、その頃、ある大学の附属の病院の看護師さんから聞いたことがありました。

「精神科に十年間入院しないと治る」と。

私は、母の亡くなる前から入院していなかったので、嬉しくて、嬉しくて飛びあがらんばかりでした。

十年までにあと何ヶ月と意識しすぎて、十年になる数ヶ月前に再発しました。

その時の主治医は、転勤で来たばかりの人でした。

その頃は精神状態が安定していましたが、外来に行くたびにちょっとの質問にも、「小野さんの躁状態の時を診ていないから」と言われました。

その医師に、躁状態になったところを診せるために再発したような気がしてしようがありませんでした。

その時にも、保護室に入りました。

退院してから、約十年間、織物を休み、ある仕事をしました。

その十年間は、私にとって生きがいのある日々でした。毎日を生き生きと楽しくすごすことができました。

忙しいことは忙しかったのですが、何も苦にならず、私に合った仕事でした。

その仕事のおかげでコミュニケーションの大切さなどを学んだ気がします。

私は、いざ何かをやろうと思うと、普通の時は一生懸命やります。

そしてやりすぎて再発します。その仕事中も約十年で、再発しました。

2005年　インド・ベナレスにて
妹とその友達と（後列左から二人目が私、となりが妹）

いつものことながら、うつになって帰ってきますので、その仕事は辞めました。

それから介護保険制度が始まる前に、ホームヘルパー二級を取得しました。

ちょうど、六十歳になった四月一日からホームヘルパーの仕事を始めました。

四年半でやめました。私は馬鹿正直というか、この病気の特性というか、どういうことでも一生懸命やってしまうのです。この時もそうでした。

その後は、仕事には就きませんでした。

前述したとおり、二〇一四年に最後の入院（任意）をしました。

病気と闘っているうちに、もう七十八歳になりました。

八年前より、朝晩、瞑想を二十分ずつ続けています。これは妹に教わりました。

インドのマハリシ・マーヘシュ・ヨーギは、戦後アメリカに渡り、超越瞑想「TM」を提唱した人です。

この瞑想を行っている人達ではビートルズが有名です。

以前、こういう瞑想があることを知らない時に、彼らがそのマハリシと、ファンに囲まれながら歩いている姿を、白黒の映像で観たことがあります。

ポール・マッカートニーなどは、そういう関係の団体に寄付をしているそうです。

おかげさまで、一人になっても、充実した日々を送っています。

今の私の主治医である先生が、「あと十年は楽しめるものね」とおっしゃってくださいました。

この言葉を噛み締めながら、残りの人生を穏やかに、心豊かに過ごそうと思っています。

あとがき

執筆を始めて約一年になりました。ここに書いたのは、あくまでも自分の体験です。書こうと思った時は、軽躁の時でした。当時〝うつ〟だったら無理だったでしょう。双極性障がいの特徴のひとつと考えられていますが、根拠のない自信を持つことがあります。ただ、いつかは実体験を書きたいとは、思っていました。

実際に、書くことを決めたのは、双極性障がいを持っている人達の集まりに参加した時です。

その前に、その会の案内のチラシの中に「双極性障がいの人は、会社からも、家族からも見放され、毎年多くの人が孤独に亡くなっている」という一文を見た時に、涙が止まりませんでした。そして、会に実際に参加してみると、今、病気の真っ只中で苦労している人達や、二十代、三十代、そして大学生の方も参加していました。

そんな若い方々を見て、私の六十数年間の体験を書こうと思いました。

書いていくうちに、自分の人生の総括をしているような気になりました。

叔母夫婦、母、妹のおかげで結婚もでき、夫は四十年間、私の病気と闘ってくれました。

北海道大学附属病院で病名をつけられてからは、結婚するまで、北海道の私立病院の精神科を転々としました。

公立の病院にかかりたいという願いを叶えてくれたのは夫でした。

今思うと、人生の節目節目に、大事なことが叶えられていたなあと、つくづく思います。

今現在の世の中でも、公立私立では人道上の問題や患者に対する接し方は大きく違います。

夫にとっては、まったくと言っていいほど、双極性障がいという病気についてわかっていないに等しい中で、一人で私に対する接し方を試行錯誤し、苦労の連続だったと思います。

今の病院の初診の時、「落ち着くと家族に迷惑をかけたとか、自己嫌悪にかられっぱなしです」と話すと、主治医が「あなたが一番つらいのよ」と言ってくれたことが、四十年以上前になりますが、今でも救いの言葉です。

母、妹の愛情、何より夫の献身的な無償の愛に包まれてきたおかげと感謝していいます。

偏見、差別により今の世の中は、障がいのある者にとっては、決して暮らしやすいとは言えません。他人から「迷惑だ」と言われたり、私自身も迷惑をかけたとの思いが、身内に対してもあります。

私達の命、「生きること」の芽を摘むような社会には、絶対したくないです。

最後になりましたが、私の主治医をしてくださった先生方にお礼申し上げます。

そして、ご指導、お気遣いをくださった文芸社の方々に、深くお礼申し上げます。

小野　満代

著者プロフィール

小野 満代（おの みちよ）

1940年３月、満州（現在の中国東北部）生まれ。1946年に帰国し、北海道で育つ。

1956年、高校1年生の時、北海道大学附属病院で、躁うつ病（当時）と診断される。

1962年、室蘭勤労者音楽協議会（労音）事務局に入局。

1968年、専門学校入学のため上京。

1975年に結婚。2015年、夫が死去。

我が障がいの哀しみ

2019年８月15日　初版第１刷発行

著　者　小野 満代

発行者　瓜谷 綱延

発行所　株式会社文芸社

〒160-0022　東京都新宿区新宿１－10－１

電話　03-5369-3060（代表）

03-5369-2299（販売）

印刷所　株式会社フクイン

ISBN978-4-286-20787-2